荒野のコトブキ飛行隊

荒野千一夜

原作

荒野のコトブキ飛行隊

小説

安藤敬而

小説 JUMP j BOOKS

CONTENTS

登場人物紹介

キリエ

正確な操縦技術と空間把握能力に長けたパイロット。直情型で先走った行動をとる。好物はパンケーキ。

ケイト

トリッキーな操縦で正確に敵を撃墜する天才パイロット。寡黙で必要最低限のことしか言わない。

エンマ

優れた洞察力で相手パイロットの癖や回避パターンを見抜く。丁寧な言葉遣いで話すが超毒舌。

チカ

コトブキ飛行隊最年少。意表を突いた攻撃で相手を翻弄する。キリエとは子どものような言い合いをする。

ザラ

コトブキ飛行隊の副隊長。広い視野で味方に指示を出す。レオナとは抜群のコンビネーション。

レオナ

コトブキ飛行隊の頼れる隊長。隊長としては冷静沈着だが、かつては単機で突撃も辞さない戦い方をしていた。

アンナ

羽衣丸の主操舵士。勝ち気な性格。

マリア

羽衣丸の副操舵士。おしとやか。アンナとよく買い物に行く。

ナツオ

羽衣丸の整備班長。面倒見のいい姉御肌だが見た目は幼い。

リリコ

酒場のウェイトレス。客には素っ気ない。謎が多い。

フェルナンド内海

ナサリン飛行隊の隊長。戦闘機乗りになる前は神父のようなことをしていた。

アドルフォ山田

ナサリン飛行隊の一員。先制攻撃と目くらましが得意。

序章

THE MAGNIFICENT
KOTOBUKI

鼻を突く油の臭い。身を刺すような空の寒さ。轟轟(ごうごう)と聞こえるエンジンの爆音。耳だけではなく、身体(からだ)全体に振動としてその唸(うな)りが伝わってくる。

眼下に広がるのは荒涼とした大地。草木や樹々(きぎ)の姿はなく、地平線の向こうまで乾いた地面が続いている。その上に広がっているのは真っ青な空だ。夾雑物(きょうざつぶつ)が一切含まれていないかのように澄み渡り、吸い込まれそうなほど深く、青い。遥(はる)か頭上に輝く太陽からは燦々(さんさん)と陽光が降り注ぎ、風防を貫いて肌をじりじりと焼く。

『ひま、ひまひまひまひーまー！』

突然、無線からノイズ交じりの騒がしい声が聞こえてきた。

「チカ、うっさい。なに叫んでんの？」

操縦桿(そうじゅうかん)を握ったキリエは、右へと顔を向ける。少し離れて横を飛んでいる迷彩模様の隼(はやぶさ)一型。操縦席のチカが風防の向こうで叫んでいる。

『ひまだって言ってんの！　空賊に襲われるから護衛を頼むなんて言われたのに何もないじゃん！　もうすぐ着いちゃうし！』

キリエたちの前を飛んでいるのは小型の輸送船だ。キリエとチカはその船の護衛業務を引き受けており、隼に乗って周囲を警戒しながら飛んでいた。

イジツ――キリエたちの暮らすこの世界では、地表の大部分を荒涼とした大地が占めている。陸路は分断されており、街間を車で行き来することは不可能に近い。主な交通経路としては空路が用いられるが、その輸送船を狙う悪質な空賊も多い。だから、キリエたちの所属するコトブキ飛行隊のような用心棒に出番が回ってくる。

『大体さぁ、何でキリエと一緒なの！』

「はぁ？」

無線から聞こえるチカの物言いに、キリエはカチンとする。

「しかたないじゃん。私だってマダムがチカにも声かけてるなんて知らなかったんだし！」

『私一人で十分だって！』

「それはこっちの台詞(せりふ)！」

『なにーっ！』

キリエとチカは互いに歯をむき出してにらみ合った。もうチカとも随分と長い付き合いになるのだが、顔を合わせれば言い争いばかりしてしまう。

「……ん」

と、キリエはチカの機体の遥か向こうへと目を向ける。自分たちより千クーリルほど高いところにたなびいている白雲。その上に一瞬だけ、光が見えた。キリエは目を細める。再び雲の上で光。光源は六つ。プロペラが太陽の光を照り返しているのだ。

「チカ！　三時方向！」

『三時がどうしたんだよ！』

怒りながら振り向くチカ。

すぐに、

『きたぁ――――――――っ！』

チカの快哉が響いた。先ほどまでの怒りは吹っ飛んでしまったらしい。即座にチカの機体はバンクし、右旋回をして輸送船の傍を離脱していく。

キリエは操縦桿を左へと倒した。すぐにフットバーを踏み、チカの後を追うように左旋回をして輸送船を離れた。

あの六機以外に機影はない。接近してくる戦闘機を目がけ、キリエたちは上昇していく。キリエは敵機の姿をじっくりと見つめる。先頭にいるのは四式戦闘機、疾風だ。他の五機は零戦二一型。六機編成でほぼ横並びに飛んでいる。この近辺で最近目撃されている空賊「アナグマ団」が使用している機体だろう。

前にはキリエよりも先に動いたチカ機の姿が見えた。

『私が前ね！　キリエは後ろから支援！』

「はぁ？　なんでそうなるの⁉」

『だってこの仕事、先に引き受けたの私だもんね！　早いもの順！』

チカが増槽を落とした。チカの隼は敵の編隊を目がけて、ぐんぐん加速していく。

「ったくもうバカチ！」

『バカって先に言ったやつがバカだし!』

キリエも増槽を落とす。左手に握ったスロットルレバーを押し込み、加速。プロペラの回転数が増し、身体全体に伝わってくる振動がさらに強くなった。油の臭いといい、気候といい、耳をつんざく爆音といい、空は地上と比べればはるかに苦痛な環境だ。それにもかかわらずキリエはこの感覚が好きだった。

チカの後ろを追い、仕方なく支援態勢に入る。二人の駆る隼は、六機の戦闘機へ勢いよく突っ込んでいった。

きっと自分は一生飛行機に乗り、飛び続けるのだろうなと思った。

ハヤブサ食堂

THE MAGNIFICENT
KOTOBUKI

「キリエちゃん、これ三番へお願い！」

「はい！」

目の前に出された皿にはアホウドリの唐揚げが山盛りになっており、醤油の香りを漂わせている。キリエは左手にはビールの注がれたジョッキを三つ持ち、右手に唐揚げの皿を載せ、男たちが囲む三番テーブルまで運んでいく。

「おい嬢ちゃん、注文頼む！」「こっちもだ！」「ミートパイがまだ届いてないよー！」

店内のテーブル席は満席に近く、あちこちから注文の手が上がる。

「はーい！　いま行くから！」

「うわーっ！」

後ろでチカが大きな悲鳴を上げた。次いでガチャガチャーンと陶器の割れる音が響く。キリエが振り向くと、散らばった大量の皿と、その中心で尻餅をついているチカの姿が。

「チカ！　もう何やって……わ！」

近寄ろうとしたキリエの足がもつれた。キリエもまた盛大にすっ転んで、片付けようとしていた皿を盛大に放り投げてしまう。宙を飛んだ丼が、キリエの頭にかぽっとはまった。

「おいおい嬢ちゃんたち、何やってんだ！」

そんな二人を見て、ガハハハハと馬鹿でかい声で客たちが笑った。

「……あーもう！」

キリエは髪についた米つぶを払いながら立ち上がる。黒いニーソックスに丈の短いスカート、そして大きく露出した胸元には未だに慣れない。いつもの服とは違い、普段リリコが着ているのと同じウェイトレスの衣装にキリエは身を包んでいた。

「キリエ、またドジってんじゃん！」

立ち上がったチカが笑う。彼女も同じくウェイトレスの制服を着ている。

「はぁ？　チカのほうがミスしてるじゃん！」

「私まだ今日二回目だもんね。キリエは三回目！」

「昨日は私のほうが少なかったし！」

キリエとチカはにらみ合い、取っ組み合おうとしたが——。

「おい嬢ちゃん！　注文だって言ってんだろ！」

「キリエちゃん！　これ早く運んでー！」

「「……！　はーい！」」

チカは客の注文を取りに、キリエは厨房へと駆けだした。

二人がこの店でウェイトレスとして働きだして、もう一週間が経っていた。

（まったく、どうしてこんなことに——）

＊

ことの発端はおよそ一週間前、キリエとチカがアナグマ団を撃退したときへと遡る。

「こんのアホンダラが！」

ラハマの格納庫に怒声が響いた。着陸した隼（はやぶさ）から顔を出したキリエを出迎えたのは、整備班長であるナツオの拳骨（げんこつ）だった。キリエは頭頂部を押さえて蹲（うずくま）る。

「班長、だって……」

「だってもヘチマもあるか！　あんだけ無茶するなって言ったのに無視しやがって！　修理したばっかなのにもうぼろぼろじゃねえか！」

ナツオは格納庫に停（と）まっている隼を指さした。先ほどまでキリエが乗っていた隼一型は、主翼や尾翼に敵の機銃を受け大きく損傷している。

「へへーん、キリエ怒られてやんの！」

「おめーもだチカ！」

「いたぁ！」

うきうきと近寄ってきたチカの頭を、ナツオが同じくぶん殴る。チカの機体もキリエに負けず劣らず損傷しているありさまだ。

「ったく出撃前にあれだけ言ったろ。今は機体も弾もとにかく物資が足りてねえって！」

イサオ率いる自由博愛連合との戦いから、既に半年近くが経過していた。イケスカ上空の穴を塞ぐために、オウニ商会は羽衣丸（はごろもまる）を失った。とはいえそのまま黙っているマダム・ルゥルゥではない。完成はまだ少し先になるが「第二羽衣丸」を建造中である。

羽衣丸を使っての大規模な輸送こそできないが、オウニ商会自体は営業中だ。キリエとチカが引き受けていたのは、ガドール行きの輸送船を往復で護衛する任務。往路は何事もなかったが、復路では空賊が襲来。最近ラハマ近辺で目撃が多発していたアナグマ団という空賊で、疾風（はやて）一機に零戦（ぜろせん）二一型五機の六機編成。二人で計五機の零戦を撃墜し、輸送船への被害もなかった。

ただ任務は達成されたが、二人の機体はぼろぼろだった。

「でも私は三機墜（お）としたもんね！　キリエは二機！　しかも疾風を逃がしてるし！」

「チカの一機は私が追い込んだおかげでしょ。それに逃がしたのはチカが私の前を変な飛び方してたからだし！　そうじゃなければ私はちゃんと三機墜としてたから！」

格納庫でギャーギャーと争うキリエとチカ。

眉間にしわを寄せて腕を組んでいたナツオが、大声を発する。

「静かにしろお前ら！　とにかく！　当分の間、隼は修理に回す！」

「当分ってどれくらい？」

キリエが聞くと、ナツオは仏頂面で指を三本立てた。

「三日かぁ。それくらいならへっちゃら」

笑うチカに、ナツオは首を振った。

「三週間だ」

「「三週間⁉」」

キリエとチカは目を丸くする。

「なんでそんなにかかるの⁉　いつもは一週間くらいで修理しちゃうのに！」とキリエ。

「前にも言ったろ。イケスカの騒動があって、もとより少なかった資源がさらに高騰してるんだ。民間も空賊に対抗するために需要が増えてるしな。私もなるべく早く修理できるよう努力はするが……当分は大人しくしてるんだな」

竣工前でまだ飛ぶことのできない第二羽衣丸だが、内装はだいぶ出来上がっている。第二羽衣丸内にある新たなジョニーズ・サルーン。ジョニーは棚に食器を並べている。キリエとチカはカウンター席に並んで座っていた。チカはカウンターに顔をつけ、足をぶらぶらとさせながら不満そうに言う。

「ピンピンしてんのに隼に乗れないとかホントつまんない！」

「三週間……三週間って長すぎるよ！」とキリエも口を尖らせる。

今まで怪我などの理由で隼に乗れないことは何度かあった。しかし自身は元気にもかかわらず、こんな長期間も乗れないのは初の事態かもしれない。

「まあまあ、これでも食べて元気だしなよ」

ジョニーが二人の前にカレーとパンケーキを出した。

「パンケーキ！」

キリエはナイフとフォークを取り、ふかふかのパンケーキを切り分ける。口を大きく開けて、パンケーキをほおばった。

「やっぱパンケーキ最高！　最高だけど……やっぱリリコさんのが一番かなー」

「ごめんよう……」とジョニーはしゅんとした顔で謝罪した。

へこんでいたキリエたちを見かねてジョニーが特別に開けてくれたが、ジョニーズ・サルーンは現在休業中だ。それに伴いリリコもウェイトレスとしての仕事を一時的に休んでいた。

「……チカさ。これからどうする？　この三週間もお金稼がなきゃなんないでしょ。今回の修理費とか弾代もあるし」

「どうするって、また護衛でも引き受けるよ。あ、今度はキリエとは別の！」

「隼に乗れないんだから、その護衛も引き受けられないじゃん」

「……あ。ってことはなに？　三週間私たち何にもできないの⁉」

「多分」

くぅーっとチカは呻いて、足をバタバタさせる。

と、スウィングドアの絵が描かれている入り口扉が開いた。見ると、中に入って来たのはマダムだった。いつものように真紅のドレスを着て、手にはキセルを持っている。彼女はカウンターのキリエたちを見て微笑みを浮かべた。

「ちょうどいいところにいた。キリエ、チカ。あなたたち二人に頼みたい仕事があるの」

キリエはカウンターからマダムを見つめた。

「マダム、私たち隼が修理中で……」

「聞いているわ。隼に乗らなくてもできる仕事よ」

「なに？　雑用？　床掃除とか？　トイレ掃除？」とキリエ。

「副センにやらせとけばいいんじゃない？　得意そうだし」とチカ。


「へっぷし！」

船橋でサネアツは一人くしゃみをした。手には大きな櫛（くし）を持っている。

「なんだ。誰か噂（うわさ）でもしてるのか……？」

「グワーッ！」

目の前のドードー船長が口を大きく開け、叱責するかのように叫んだ。

「分かりましたよ、落ち着いてくださいよ」

サネアツはしぶしぶと、船長の毛並みを整える作業を再開した。


「あなたたち、酒場で働いてみる気はない？」

マダムの言葉に、キリエたちは顔を顰（しか）める。

「「酒場ぁ？」」

「期間は隼が直るまでの三週間ほど。報酬は通常の三倍付けで出してくれるそうよ」

キリエとチカは顔を見合わせる。

「……酒場って何？　食べるほうじゃなくて接客すんの？」とチカが問う。

「ムリムリムリ！　私もチカもできるわけないじゃん！」

生まれてこの方、戦闘機に乗ることでしか生計を立ててこなかった二人だ。自分たちがウェイトレスとして働くなど想像すらできなかった。

マダムはキリエの横に座って、息を吐く。

「そう、残念。まかないもたくさん出してくれると思うけれど」

「まかない？」

「報酬とは別に料理をふるまってくれるの。ちなみにそこのお店――」マダムは嫣然とした微笑みを浮かべた。「カレーとパンケーキがとても美味しいらしいわ」

チカとキリエは、またしても二人で顔を見合わせた。


「『ハーヴィー』ですか」キリエたちが出て行ったあとで、ジョニーは呟く。「リリコちゃんから聞いたことがありますよ。なんでも今までにないタイプの小奇麗な酒場だとか。イサオの爆撃騒ぎの前は、ラハマだけでなく他の街へも進出する予定があったらしいですね」

「あれは大きくなるわ。今のうちに顔を売っておいて損はないわよ」

「……しかしマダム、だとすればあの二人を推薦するのは無茶なんじゃ？　苦情がきちゃいますよ」

マダムはジョニーから受け取ったグラスを揺らして微笑む。

「冗談でしょう。私からあの二人を推薦したと思ってるの？」

翌日の夕方、キリエとチカは早速その酒場へとやってきた。店は、ラハマの中心を貫くように延びている表通りに面していた。

「酒場って……ここ？」

キリエは店を見つめた。ありがちなスウィング式の扉。上には「ハーヴィー」という看板が掲げられている。外観はそこそこ小奇麗に見える。

「ええ～、本当にここで働くのぉ？　ご飯だけ食べて帰んない？」

チカはもう入る前からうんざりとしている。

「もうマダムに伝えてもらって正式に引き受けちゃったし」

「ったく、キリエがパンケーキなんかに釣られるから」

「なんかってなに。パンケーキは世界一美味しい食べ物なの！　それにチカだってカレーに釣られてたじゃん」

「仕方ないじゃん。美味しいカレーだなんて言われちゃあ」

二人が扉の前で言い争っていると、スウィングドアが内側から開いた。店の中から顔を出したのは、キリエより少し年上くらいに思われる眼鏡をかけた女性だ。ワイシャツの上に黒のベストを着て、蝶ネクタイを身に着けている。

「コトブキ飛行隊のキリエちゃんとチカちゃんね？」

キリエたちが頷(うなず)くと、彼女はぱぁっと顔を明るくした。

「さ、入って入って！　待ってたわ」

促されるままに、キリエたちは店の中に入る。内装は非常に整っており、花のような甘い香りが漂い、品のよい調度品が置かれている。

「「へぇ～」」

二人は感心したように内装を眺める。キリエたちの行く酒場といえば、床には湿ったおがくずが広がり、店の隅には痰壺(たんつぼ)、客は荒くれものばかりでマスターがショットガンを持ち出すこともしばしばだが、ここはそれとは違うらしい。昼間にやっている食堂に近い雰囲気で、家族連れでも入りやすそうだ。

「私、この店のマスターのハーヴィー。よろしく」

手を差し出したマスターに、キリエとチカも応えた。

「で？　私たちは何すればいいわけ？」とチカ。

「そうね。二人には接客や皿洗いを担当してもらおうと思ってるの」

今現在、店員はマスター以外に一人もいないらしい。厨房はマスターが一人で担当するから、キリエたちは注文取りや皿洗いをすればいいとのことだ。二人ともろくに料理を作ったこともないし、助かる話だ。

「さ、それじゃあ二人には早速着替えてもらおうかな？」

「着替えるって、なにに？」

問いかけるキリエに、マスターは眼鏡をくいっと上げる。

「この店の制服」


「制服って……なんでこの服を着なきゃなんないの⁉」

自分の姿を見て、キリエは思わず悲鳴のような声を上げた。キリエが身に着けているのは黒のニーソックス、そして青と白の入り交じった制服――ジョニーズ・サルーンのウェイトレスであるリリコが身に着けているものと同じだ。スカートは丈が短く、また上半身も胸元が大きく露出している。あまりにも肌の露出が多い服に、キリエは思わず顔を赤らめる。

着せた張本人であるマスターは微笑んでいる。

「似合ってるわよ、キリエちゃん」

「この服を着こなせるのなんてリリコさんくらいだよ！　私たちには無理！」

「でもチカちゃんは気に入ってくれたみたいだけど」

「ええ⁉」

マスターの言うように、チカは恥ずかしがりもせずくるくると回って服をひらめかせている。

そんなチカを、キリエは恨めし気に見つめた。

「チカ、あんた何も思わないの？」

「べっつにー。動きやすいし。ってかキリエがいつも着てる服もそれくらいの長さじゃん」

「いつもはちゃんと下に穿いてるし！　それにこれでお客さんの相手するってなるとさ……」

キリエはスカートの裾を押さえた。いつもとは違う服装、さらには飛行機ではない仕事というのがキリエの羞恥心を増大させていた。もしこんな格好を知り合いにでも見られたら最悪だ。

「大丈夫。恥ずかしいのは最初だけでそのうち慣れるわよ」とマスター。

キリエはいまさらになって少し後悔し始めた。だがチカが気にも留めていない以上、自分も腹をくくって仕事に臨むしかなさそうだ。

ギィ、とスウィングドアの軋む音がした。扉の外に人影が見える。

「お客さん来たわよ。よろしくね二人とも」

マスターは二人の背中をぽんと押すと、カウンターへと戻っていく。

「らっしゃーい！」と言うチカ。

「いらっしゃ……い」キリエも若干の恥ずかしさを感じながら挨拶を口にする。

入って来たのは男の二人組だ。先に入って来た男が、連れに楽しそうに話しかけている。

「ここがなかなか評判良くてよ。飯は美味いしウェイトレスも可愛いらしいんだわ」

二人の顔を見て、キリエは「げ」と声を出す。

客も同じくキリエたちを見て「げ」と口を開けた。

「お前ら、なにやってんだ？」

入って来たのはコートを着た少しキザな男と、髭を生やした神父風の男。ナサリン飛行隊のアドルフォとフェルナンドだった。

「あっ、おっさんたち！　なんでいんの？」とチカ。

「こっちの台詞だ。なんだその格好……？」

アドルフォはチカのウェイトレス姿を怪訝そうに見つめている。

「見りゃ分かるでしょ！　ウェイトレス！　私たち今日からここで働いてんの」

「ウェイトレスって嬢ちゃんがぁ？　世界で一番向いてないんじゃ……。じゃあ、そっちの嬢ちゃんは……」

アドルフォはチカの隣——顔を背けているもう一人のウェイトレスに目をやった。キリエは静かに息を吸い込んで、アドルフォたちへと顔を向けた。口角を上げる。

「私、リエリエだよ！　いらっしゃい」

「……」「……」「……」

チカとアドルフォが黙り、フェルナンドは仏頂面を一層濃くした。場を沈黙が包む。みな険しい顔つきで、いきなりリエリエだとか名乗り出したキリエを見つめている。

「……いや、なに言ってんのキリエ？」

不思議そうに尋ねてくるチカに、キリエは首を振る。

「キリエじゃないよ、リエリエだよ。キリエちゃんの親戚ですごく顔が似てるって言われるから！」

再び店の中を沈黙が流れる。

ごほんごほんと、アドルフォが咳払いをした。

「あー、それじゃ席に案内してもらおうか。……リエリエ？」

「はい！　それじゃあこっちに……」

テーブル席へとアドルフォたちを案内するキリエもといリエリエを見て、チカが呟く。

「おっさんたちに気ぃ遣われてやんの」

テーブルについたアドルフォたちに、キリエはメニューを差し出した。気恥ずかしそうに、スカートの裾を押さえてしまう。アドルフォは顔を上げて、キリエに尋ねる。

「おすすめのメニューとかはあるのか？　……リエリエ？」

「えっとね、一番のおすすめは……うん、パンケーキかな」

「……それ、嬢ちゃんが好きなだけじゃないのか？」

「パンケーキは誰がいつどこで食べても美味しいの！」

「あー、分かった分かった。それじゃ取りあえずこれ」

アドルフォとフェルナンドは酒や唐揚げ、イジツ定番の食事であるケチャップ丼など、適当に選んだ。

「それで頼むわ」

と言いかけたアドルフォだが、キリエがじーっと見つめていることに気づく。

「……。それとパンケーキを頼もうか」

「オッケー！」

カウンターへと向かっていくキリエを見て、フェルナンドが呟く。

「……お前もよくやるな、アドルフォ」

「いい男ってのは、女の見え透いた嘘を受け入れてやるもんさ。それにしても……」

アドルフォはウェイトレス姿のキリエたちに目をやった。ミニスカの下からは、健康的なすらりとした足が伸びている。

「色気ねぇなぁ……。隊長さんたちならまだ目の保養になったのによぉ」

「そんな目移りばかりしているから、お前は……」

しばらくすると、こんもりと盛られたアホウドリの唐揚げとビールをチカが運んできた。

皿を置いて戻ってきたチカを見て、キリエは言う。

「……ねえ、チカ。なんか私たち意外にできてる感じしない？」

「するする！　なに、ウェイトレスの才能あんのかな？」

スウィングドアが開いて、新たな客が入ってきた。

「「いらっしゃーい！」」

声を出し、接客をするキリエたち。

意外と失敗なくいけるではないか、と楽観的に思う二人。

だがすぐにボロは出始めた——。

「おい、なんだこれ！」

アドルフォは運ばれてきたパンケーキの皿をキリエへと突き返す。ホイップクリームが山盛りになっており、パンケーキが隠れてしまっている。

「食べやすいように追加しておいただけなんだけど……？」

「余計なことをするんじゃねえよ！　こんな量のホイップ、甘ったるくて胃もたれするだろう！　ましてやツマミだとかと一緒に食えるか！」

「何言ってるの！　パンケーキはどんな料理にもあうんだから！　見てこの雲よりも軽くて柔らかそうなホイップの山！　ご飯何杯もいけちゃう！」

「まさかお前、パンケーキをおかずにご飯を食うつもりか……？　正気じゃねえ！」

キリエとアドルフォが言い争っていると、

「はぁ⁉」

と後ろからチカの大きな叫び声が聞こえた。振り向くと、チカが歯をむき出して客とにらみ合っていた。今にも摑みかかりそうな勢いだ。

「聞き返すのがそんなに悪いの？　いきなりそんなメニュー捲し立てられて覚えられるわけないじゃん！　もっとこっちのことも考えて発言しろよな！」

「ウェイトレスのくせになんだその態度は。こっちは客だぞ！」と若い男。

「ウェイトレスじゃない！　いや今はウェイトレスだけどコトブキ飛行隊の一番槍、チカ様だ！」

「知るかそんなこと！」

「知っとけよ！　そこは知っとけよ！　なんなの、やる？　やるか！」

客が席から立ち上がった。チカは一歩も引かず、敢然として立ち向かう。周りの客たちは笑いながら囃し立てる者もいれば、心配そうにチカを見つめている者もいる。

客は両手を大きく広げ、チカを捕まえようと前に飛び出た。だが、チカは潜り込むように軽くそれを躱す。捕まえ損ねた客の足に、チカが後ろからローキックを入れた。バランスを崩した客が床に突っ込む。

「どうだ、みたか！」

「おお！　やるじゃねえか！」

予想外のチカの活躍に周囲の客たちが沸き立つ。

「チカってば！　何やって――」

止めに入ろうとしたキリエだが、

「やるなお嬢ちゃん！」

近くの客が手を大きく振りながら立ち上がって――キリエの持っていた皿を弾いた。

「あ」

載っていたパンケーキが、放物線を描いてホイップ側から床へと落ちる。

「あああ！　私のパンケ――――――キ！」

「いや、注文したの俺だよな？」

というアドルフォの苦情は、キリエの大声にかき消された。

「よっくも私のパンケーキに手を出したな！」

「ん、なんだ君？」

「パンケーキの恨み晴らさでおくべきか！」

「お、なんだなんだ。こっちでも始まったか！」

新たに始まりかけている喧嘩に、一部の客たちがさらに沸き立つ。

「ちょっと二人とも。何やってるの！」

カウンターからエプロン姿のマスターが飛び出してきた。なんとか騒ぎを鎮めようと声を張り上げているが、客たちの声援にかき消されてしまう。

「おりゃあ！」

チカが客を持ち上げて、床へと投げつける。

「てやあ！」

キリエが客を勢いよく蹴りつける。

ただのウェイトレス服を着た小娘たちが意外や意外、強いことに客の盛り上がりは増していく。一方で家族連れの客の中には顔を見合わせて戸惑っている者もいた。ついにはキリエとチカの二人を中心にして輪ができてしまう。表のほうまで騒ぎが聞こえ、野次馬が覗き込んでいる始末だ。もはや事態の収拾は付けられなくなっていたが――。

「おい、何をしてる！」

凛とした声が店内に響いた。

客たちの喧噪がピタッと止み、その目は一斉に扉へと向けられる。入り口に二人の女性が立

っていた。赤い髪を後ろで束ねた凜々しい顔つきをした女。その後ろには豊満な体軀をした艶やかな女がおり、片手に酒を持っている。

赤髪の女が群衆をかきわけ、キリエに近付いてきた。

「レオナ……」

「大きな騒ぎがあると思って来てみれば……キリエ、チカ。二人とも何をやっている」

しんとした空気の中――キリエは自分を指さした。

「キリエじゃないよ。私、リエリエだよ」

へらっと笑うキリエだが、レオナは眉一つ動かさない。

「嬢ちゃん、やっぱ無謀だわそれ……」

近くのアドルフォは頭を抱えていた。

時刻は深夜二時を過ぎている。既に酒場は閉店し、客の姿はない。テーブル席には空になった皿やジョッキが残されている。

キリエとチカの二人は、ウェイトレス姿のまま床に正座させられていた。後ろに立つレオナは、二人の頭をマスターへと無理やり下げさせる。

「うちの隊員たちがご迷惑をおかけして本当に申し訳なかった」

一緒になって頭を下げるレオナに、マスターは焦った様子でぶんぶんと首を振った。

「いえいえ。そんな、謝らないでください！　確かにあのときはちょっとびっくりしましたけど、その後はお客さんにも謝って、二人も頑張って働いてくれてましたし！」

「謝ったというよりは謝らされたって感じだし、その後もお皿をたくさん割ってたけれどね～」

テーブルで酒を飲んでいるザラが、苦笑して応えた。

「クビ？　私たちクビになるの？」とチカがレオナを見上げる。

「当然だ！　こんな迷惑をかけて働かせてもらえるとでも思ってるのか」

怒るレオナだが、マスターは困ったように言う。

「あの、いえ、それなんですけれど……キリエさんとチカさんのお二人がよければ、今後も一緒に働いていただければと思ってまして」

「「え⁉」」

驚いたのは、キリエとチカの二人だ。どちらも完全にウェイトレスをクビになると思い込んでいた。

「お言葉ですが……この二人はウェイトレスには向いていないと思います」

レオナは眉間にしわを寄せる。

「ひっどいレオナ！　……まあ、私もそう思うけど」と自分で言って落ち込むキリエ。

そんなレオナに、マスターは弱々しく笑う。

「でも、まだ初日ですし。それにそもそも今日の騒ぎは、私が料理にかかりきりで、二人に何も教えられなかったことに原因がありますから」

「しかし……」

なおも眉を顰めるレオナに、マスターは言う。

「それに、私はどうしても……二人にここで働いてもらいたいんです」

やわらかな印象があるマスターにしては、決意の籠った強い声だった。


濃紺の夜空には雲一つなく、丸い月が浮かび上がっている。遠くからは酔っ払いの楽しそうな声が聞こえるが、第二羽衣丸へと戻る四人の間に会話はなかった。

「はー、やっぱリリコさんみたいにはいかないなぁ」とキリエがため息を吐く。

「ってか私たち、なんでクビにならなかったわけ？」

首を傾げるチカに、前を歩くレオナが言う。

「コトブキがマダムと契約しているからだろう。イサオとの戦いの前には他の街へと二号店を進出させる予定もあったというし、店としてはマダムとの縁を結んでおきたいはずだ。オウニ商会との繋がりがあれば今後なにかと便利だ」

「空賊も増えていて、用心棒も必要だしね」とザラが補足する。

「……よく分かんない。どゆこと？」とチカ。

「彼女も商売人ってことよ」とザラは答えた。

「そっか……」キリエも頷く。ただ、少しだけ納得がいっていなかった。「でもそれにしては、やけに親身な優しさだった気がするけど」

「とにかくだ」レオナが厳しめの声で言う。「今後も働くというのなら、二度と今日みたいな騒ぎは起こすんじゃない。コトブキの名を貶めるような行いは慎めと前にも言ったはずだ。次に騒ぎを起こせば、彼女が引き留めても私が無理やり辞めさせる」

「……」

肩を落とす二人を、レオナは睨(にら)みつけた。

「返事は！」

「「はーい……」」

二人揃(そろ)って返事をする。確かに、今日の成果はぼろぼろだった。しかし、キリエとチカは少し楽観的な思いも抱いていた。初日でこれだけできたのだから、明日以降はまともに接客もできるようになるだろうと。だが、事態はそう上手(うま)くは運ばなかった——。


「キリエちゃん、これ六番！」

「はい！」

キリエはマスターからミートパイを手渡された。「おーい注文！」と複数のテーブルから手が上がっている。店の中は半分ほどが埋まっており、注文、会計なども二人だけでは追い付かない状態だ。

「お待たせ！」とキリエは品を乱暴に置く。

「いや、頼んだものは届いてるけど」

「あれ？」

確かにテーブルを見ると、既に食べかけのミートパイが置かれている。

「ちょっとチカ！　これ、あんたが置くの別のテーブルじゃん！」

キリエは近くにいたチカを怒鳴りつける。

「わ！」

チカが抱えていた皿をまとめて落とした。皿は大きな音を立てて割れ、載っていたソースがあたりへと飛び散る。

「チカ、何やってんの！」

「キリエが急に話しかけるからだろ！　上手くいってたのに、あーもうやる気なくした！」

「なんで私のせいになるの⁉」

キリエとチカはホールの真ん中で、取っ組み合う。

「おい注文！」「店員同士でか？」「ほどほどになー」などと野次が上がる。

結局そのときの争いはマスターが飛び込んできて止めさせたおかげで、ことなきを得たが——

その後も注文ミス、皿を割る、会計ミス、客とのトラブルは引っきりなしに続いた。

＊

以上が、キリエとチカがウェイトレスとして働き始めた頃の出来事だ。

そして一週間経っても二人は仕事に慣れず、リリコの凄さを改めて思い知るのだった。

「それじゃあな、嬢ちゃんたち！」

閉店時間を過ぎ、酔っ払った客が豪快に笑いながら店を出ていく。幸か不幸かキリエたちの存在は「破茶滅茶(はちゃめちゃ)すぎるウェイトレス」として広まりつつあった。初日のように引かれることは減ったどころか、彼女ら目当てにやってくる客すらも出始めたほどだ。

「「ありがとうございましたー……」」

キリエとチカの二人は疲れきった様子で言うと、カウンターに崩れ落ちた。

「キリエ……今日何枚の皿割った？」

「……八枚」

「へへん、勝った。私十枚」

「それ勝ったって言えんの……？」

キリエはまだコトブキ飛行隊に入隊して間もない頃に、輸送船護衛のため長時間航行をしたことを思い出す。悪天候、空賊の急襲などで大変な仕事だったが——今はあのときよりも疲れているかもしれない。もう一ミリも動けそうにない……。

そんなことを考えていると、いい香りが漂ってきた。

甘く、食欲をそそるこの芳香は——。

「パンケーキ！」

「カレーだ！」

キリエたちはがばっと顔を上げた。マスターが右手にパンケーキを、左手にはカレーの皿を載せている。二人の前に出来立て熱々の料理が置かれる。

「二人とも、今日もお疲れ様。こんな時間だから太っちゃうかもしれないけど……」

「ううん！　好きなときに好きなもの食べるのが一番体にいいんだよ！」

「賛成！　キリエのくせにいいこと言う！」

キリエはナイフとフォークを取った。雲のようにふわふわとした分厚いパンケーキが二層。上にはたっぷりのホイップクリームが載って、生地と絡み合っている。ナイフが吸い込まれるようにすっと入り、閉じ込められていた甘い香りと湯気がぶわっと溢れた。パンケーキを四分の一切り取ると、キリエは口を大きく開けて放り込む。

「……！　やっぱマスターのパンケーキ最高に美味しい！　ホイップとすごい合う！」

「カレーも超ウマい！　芋がほわーってしてて、肉もぐわって感じ！」

「ありがとう。さすがにリリコさんには敵わないと思うけれど……」

「そういえば、マスターってリリコさんと面識あんだっけ？　制服も同じだし」口の周りにカレーをつけながらチカが言う。

「昔ね、色々とお世話になったことがあって」

「じゃあ私たちじゃなくてリリコさんに頼めばよかったじゃん」とチカ。

「リリコさんがいないから、マダムが私たちを推薦したんじゃない？　なんか今、別の仕事をしてるみたいだし」とキリエ。

「あーそっか。ってかさ、それにしたって私たちを推薦する？　初めから無理に決まってんじゃんこんなの！　マダムのミス、マダムの！」

カレーを食べながら憤るチカに、マスターは首を振った。

「違うの。マダム・ルゥルゥからあなたたちを推薦してもらったんじゃなくて……私からあなたたちを雇わせてもらえないかってお願いしたのよ」

「「ええ？」」

キリエたちは思わず手の動きを止める。

「なんでなんで？　もしかしてマスターって人見る目なし？」とチカ。

「私たち、昔っから戦闘機に乗ることしかしてきてないんだけど……」

キリエたちの言葉にマスターは苦笑した。

「人を見る目は……どうかしら。あるかは分からないけど、それでもあなたたちを雇ってよかったと思ってるわ」

（……どゆことキリエ？）

（分かんない。ちょっと変わった趣味なのかな？）

キリエとチカはこそこそと耳打ちする。自分たちはもう一週間も働いているのに、未だに皿を割り続けているし注文も間違える。マスターが何を考えているのかさっぱり分からなかった。

レオナの言う通り、マダムと縁を結ぶためなのか。

マスターはふう、っと息を吐いた。

「半年前のイケスカの富嶽（ふがく）による爆撃――覚えてるでしょう」

「あ……」とキリエは口を開ける。

その事件はキリエたちにとっても印象深い。半年前――イサオ率いる自由博愛連合により多くの街が爆撃を受けた。コトブキ飛行隊や自警団の活躍もありラハマは辛うじて爆撃の被害を逃れたが、他の街の被害は甚大だった。特にショウトは死傷者こそいなかったものの、街は全焼したとのことだ。復興は進んでいるが、街には傷痕が深く残っていると聞く。

「このお店、他の街から来てくれる常連さんたちもいたんだけれど、その人のお家とかも全焼だって。あなたたちの前にウェイトレスとして働いてくれてた子もいたけど、その子の実家にも被害が出たみたいで休職中。客足は遠のいていった。当然よね。こんなところでお酒を飲んでる余裕なんてみんななかったから。でも」マスターはキリエたちを見つめる。「あなたたちは違った。オウニ商会の飛行船だってなくなったっていうのに、そのあとも空を自由に飛び回っていたり、酒場で元気に大騒ぎしていて……」

マスターの言葉を聞いて、キリエは腕を組む。

「うーん。でも私たち飛ぶことと食べることくらいしかできないし」

「ってかむしろ元気がないときこそ飛んで食べるべきじゃん？」とチカ。

「あ、それ言えてる！」

マスターはそんなキリエたちを見て笑う。

「あはは。そんなあなたたちに元気をもらえたからこそ、雇ったの。あなたたちがいればこの店にも賑(にぎ)わいが戻るんじゃないかって。……ちょっと騒がしくはなり過ぎたけど」

「なんか変なの」とキリエ。「飛んで食べてただけなのに元気をもらったとか言われても」

「ね」とチカが頷く。「でもなんかさ――」

再びいい香りが漂ってきた。目の前には新しい皿に盛られたパンケーキとカレー。

「お代わりいる？」

「『いる！』」

二人は大きな声で答えた。

でもなんかさ――でチカの言葉は終わってしまったが、キリエには言葉の続きが分かった。

ウェイトレスは自分たちには絶対向いていない仕事だ。

――でもなんか、不思議と悪い気はしないのだ。


事件はその翌日に起こった。開店から二時間、今日もまたキリエたち目当ての客が訪れ、がやがやと野次を飛ばしている。キリエとチカには珍しくまだ大きなミスもしていなかったが――。

スウィングドアが押され、客が入って来た。

「いらっしゃーい」

こなれた様子でキリエは言う。やってきたのは男の五人組だ。先頭に立っているのは、顎髭(あごひげ)を生やした男。後ろには体格のよい大男が一人と、飛行服を着た男が三人。五人とも髪はぼさぼさで目つきは鋭く、荒々しい雰囲気を漂わせている。

和やかだった店内の空気がぴりっと張り詰める。男たちは空いていたテーブルに乱暴に腰かけた。顎髭の男だけがカウンターへとやってきてキリエに話しかけた。

「ハーヴィーを呼べ」

「マスターは調理中ですけど」

「俺が呼べと言ってるんだ。いいから伝えろ」

乱暴な口調だった。その横柄な態度にキリエは少しカチンときたものの、言われた通りマスターを呼んだ。カウンターの男を見て、マスターは一瞬だけ顔を顰める。

「……分かった。キリエちゃん、こっちはいいから接客を」

「え？　うん……」

違和感を抱きながらも、キリエはホールへと行く。マスターはカウンターで男と二人、なにか深刻そうな様子で話をしている。ホールでは、チカが残り四人の男たちにメニューを差し出していた。チカを見て、大男がぷっと吹き出す。

「こんなガキをウェイトレスに雇う余裕があんのか。じゃあもっと吹っ掛けられるな」

「はぁ？　いきなりなに？」

「こっちの話だ、引っ込んでろチビ」

「……！」

ピク、とチカの眉間にしわが寄る。チカは肩をいからせてキリエの下へ駆け寄ってきた。

「なにあいつら。むっちゃ態度悪い！」

「マスターの知り合いみたいだけど……」

ちょうど話が終わったらしく、顎髭は仲間のいるテーブルへと戻っていった。残されたマスターは青い顔をしていた。脂汗を浮かべ、額を押さえている。

「……！　マスター、どうしたの？」とキリエ。

「ううん、何でもないの……。大丈夫。さ、すぐ料理出すからね」

「何でもないわけないじゃん！」とチカが詰め寄る。「そんな青白い顔してさ！　なに？　さっきの髭になんか言われたの？　私、文句言ってくる！」

「違うの。あの人たちはいい人で……このお店を守ってくれようとしているの」

「いい人？　どういうこと？」とキリエが尋ねる。

「……実は」

マスターいわくあの男たちは、ホマレ飛行隊という戦闘機乗りらしい。この近辺の用心棒を引き受けると自ら申し出て、金を徴収して回っているそうだ。この店も毎月、決められた金額を納めていた。だが最近になって、急に値上げすることになったという。理由は自由博愛連合による爆撃騒ぎなどだ。強大な空賊に対処するためには、戦闘機や装備を増強する必要があるのだという――。

「なにそれ！」話を聞き終わってキリエは憤慨した。「マスターから頼んだわけじゃないんでしょ？　金を徴収してるってミカジメ料ってやつじゃないの？　空賊を撃退してるとか言ってるけど、むしろあいつらがそうなんじゃない？」

「そんなこと言っちゃダメよ。こういうのはみんなで協力しているものだから。ちょっと、値上げは金銭的に厳しいけど……」

「……」

キリエとチカはむすっとした顔を見合わせると、無言のままカウンターを離れていった。マスターが焦った様子で名前を呼ぶも振り向かない。向かう先は当然、男たち五人がたむろしているテーブル席だ。チカは前のめりになってテーブルの真ん中に勢いよく手をついた。

「お前ら、今すぐミジカメ取るの止めろ！」

あっけにとられぽかんとする男たち。だが、チカを見て嘲笑を浮かべた。

「なに言ってんだガキどもが。引っ込んでろ」

「ガキじゃない。一番槍のチカ様だ！」

「ガキじゃないよ、キリエだよ！　今すぐミカジメ止めろ！」

顎髭の男が、上を向いてハハハと笑った。

「何かと思えばそれか。俺たちはこの店を空賊から守ってやると善意で言ってるんだぜ。考えてみろ、どうせこの街のしょぼい自警団なんか何の役にも立たねえだろ。それを腕が立って機体もいい俺たちが代わりに救ってやろうってだけだ。文句を言われる筋合いはねえ」

チカがさらに顎髭へと一歩踏みこんだ。

「あんたたち、花男(はなおとこ)と戦ったの？」

「……はなおとこ？」

「イサオのこと！」とキリエ。

「ああ……イサオね。ウェイトレスのガキにゃあ分かんねえだろうが、戦闘機乗りってのは勝ち目のない戦いはしねえんだよ。それが長く生き延びるコツってもんだ」

「じゃあもし強そうなやつらが襲ってきたら、勝ち目がないからって逃げるわけ？」とキリエ。

「それでミジカメリョーはたくさん取ろうっての？　ふざけんな腰抜け！」とチカも叫ぶ。

顎髭の顔から笑みが消え去った。

「……口の利き方を知らねえのか？」

「トキメキのおっさんたちはな、腕はへっぽこだけどそれでも戦った！　お前らごときがバカにすんなよな！　なにが用心棒だ！　取るなら取るでちゃんと戦え！」

顎髭と大男の二人が立ち上がる。彼らはわざとらしく拳をぽきぽきと鳴らした。

「謝るなら今のうちだぜ」

脅す男だが、チカは一向にひるむ様子を見せず敢然と立ち向かっていく。

「なに！　やるよ！」

「ガキだからって容赦しねえぞ！」

大男が前へと出て、拳を振りかざした。チカの胴ほどの太さがある丸太のような腕だ。ぶうん、と大きな風切り音が響く。当たれば大怪我どころではすまない。

だが、チカは深く屈んでその一撃を躱す。そして跳ね起きるとともに、右手で大男の片足を、左手で大男の腕を取った。チカを基点として大男の身体がぐるりと宙を回転し、背中から勢いよく床に叩き付けられる。飛行機投げだ。大男ははっと息を吐く。

「どうだ！」と、叫ぶチカ。

その後ろにいつの間にか、顎髭の男が近づいていた。顎髭はチカの頭上に手を振りあげていた。そこには銀色に輝くナイフが握られている。

「チカ！」

キリエの声に、チカがはっと弾かれたように振り向く。

「ガキが調子に乗るな！」

ナイフの刃を、チカへと振り下ろす。

キリエは飛び込もうとしたが間に合わない。

だが、

「がぁ！　いでででででっ……！」

突然、男が苦痛に呻いて床に膝をつく。男の腕は、後ろから捻（ひね）りあげられていた。手からナイフが零（こぼ）れ落ちた。後ろに立つ人物を見て、キリエは大声で叫ぶ。

「レオナ！」

帽子を目深に被（かぶ）り、顔を隠していたレオナだった。

「何のつもりだ、お前！　急に！　いでででで！」

「一仕事を終えて飲みに来てるんだ。騒がしくするのは止めてもらおう」

「おいお前ら！　この女をなんとかし――」

腕を捻られたまま顎髭は助けを求めたが、テーブルの仲間たちを見てあぜんと口を開く。飛行機服を着た他の三人は、みな顔を真っ赤にして突っ伏している。テーブルにはザラがついており、なみなみとビールの注がれたジョッキを手にしていた。

「あらごめんなさい、ちょっと飲ませたらすぐ寝ちゃった」

「肝心なときに酔い潰れて寝ている用心棒だなんて、信用できなそうだな」

レオナの言葉に、顎髭が歯をむき出す。

「お前ら……こんなことしてただで済むと思うなよ」

「ただでなければどうなるって言うんだ？　この街でオウニ商会に黙ってみかじめ料を取っていたと言いふらすのか？」

「……！」

レオナが手を離す。顎髭は腕を痛そうに押さえながら、クソっと悪態をついた。仰向けに倒れていた大男の身体を起こし、テーブルでべろべろになっている三人を無理やり引っ張っていく。こちらを睨みつけると、店から出ていった。

「いいぞ姉ちゃん！」

客から大きな拍手が飛んだ。客たちはお喋りを再開し、店内に活気が戻り始めた。

キリエが問うと、レオナがキッ、と鋭い目で二人を睨みつけた。

「レオナ。どうしてここに……」

「……たまたま表を歩いていたら騒ぎがあったから駆けつけたんだ」

先ほどまで負けん気全開だったチカたちだが、その厳しい表情に萎縮してしまう。

カウンターからマスターが飛び出てきて、レオナとチカたちの間に割って入った。

「隊長さん、違うんです！　チカさんたちは私のことを思って……」

「……理由はどうあれ、次に騒ぎを起こしたら辞めさせると私は二人に言いました」

その通りだった。二人はレオナの目の前で客と喧嘩したばかりか、チカに至っては相手を昏倒させている。これはもう強制的に辞めさせられること間違いなしだ。

そう覚悟していたキリエたちだが――レオナはザラのいるテーブル席へと腰かけた。メニューを見て、「注文を頼む」などと平然とした様子でキリエたちに話しかけてくる。状況が分からず、キリエとチカはぽかんとする。

「レオナ……なんで？　私たち……」とキリエ。

「確かに私は辞めさせると言ったが――それはお前たちから騒ぎを起こした場合の話だ。今の騒動は、お前たちが迷惑な客に対応していたようにしか見えなかった。違うのか？」

キリエとチカはぱぁっと顔を明るくした。

「……！　レオナ、ありがと！」とキリエ。

「当たり前じゃん！　だって私、悪いことなんてなんもしてないもんね！」

「……チカ。お前はもう少し加減というものを覚えろ」

レオナは、チカの運んできたビールを飲んでふうっと息を吐いた。前に座るザラは、そんなレオナを見つめて微笑んでいる。

「……なんだ、ザラ」

「たまたま表を歩いていたら騒ぎがあったから駆けつけたんだ、ねえ。本当にたまたま~?わざわざ顔を隠して様子を見に来てたのに?」

「……隊長として隊員が騒ぎを起こさないか確認しに来ていただけだ」

「ふぅん。本当にそれだけ?」

「ザラ!」

少し声を大きくするレオナに、ザラは苦笑する。

「はいはい。まったくもう、心配性なんだから」


「おい、お前ら。いい加減に起きろ!」

ひっそりと静まり返った裏通り。未だに酔って壁にもたれかかっている三人の顔を、顎髭の男はばしばしと叩いていく。ううん、と呻きながら男たちが覚醒する。

「くそっ。最悪だ。あんな女とガキどもに尻尾巻いて逃げるなんざ……」

「……兄貴。それなんすけど」大男が、控えめに言う。「自分、あいつらに見覚えがあります。確かコトブキ飛行隊とかいう戦闘機乗りっす。この街を拠点にしてるオウニ商会のお抱えだとか」

「コトブキだと! あの女だけの飛行隊か……ふざけやがって!」

顎髭は壁を蹴りつけた。大勢の前で、女に恥を掻かされた怒りが溢れてくる。

「——コトブキに恨みがおありですか?」

ざっと、後ろから足音がする。

振り向くと、そこに男が立っていた。おかっぱ頭で、黒と白が入り交じった奇妙なハオリを身に着けている。

「なんだ、お前……」

「名乗るほどの者ではありませんよ。私はエリートの中のエリート、カネスケという者です！」

「……いや、思いっ切り名乗っているようだが」

「私たちは同志を募っていましてね。コトブキに恨みのある同志を――むふふ」

月光を浴び、男の胸で徽章（きしょう）が輝く。花びらのような赤い文様を見て、顎髭は息を呑（の）む。

「お前その徽章……過激派か？」

「おや、過激派とは失礼な。イサオ様の意思を継ぐ真の自由博愛連合と言ってもらいたいですねえ。むふっ！」

男の眼光が不気味に光った。

2章 アレシマ上空いらっしゃいませ

THE MAGNIFICENT
KOTOBUKI

大きなハブ空港を有するアレシマは、様々な街の結節点として知られている。必然的に人口は増え、街は発展し、高層ビルが立ち並ぶ一大都市を形成していた。

イケスカの動乱から半年後。各地は復興の特需で忙しく賑わっており、特に大都市であるアレシマはそれが顕著だった。もっともアレシマはイサオ派寄りだったこともあり、政権は今もなお不安定な状態にある。ユーリア派と旧イサオ派の議員同士による対立が続いていた。ただ、街の様子はそんなことを微塵も感じさせない。特に飛行場前には大きな繁華街があり、多くの露店で賑わいを見せている。通りには香ばしかったり甘かったり、美味しそうな食べ物の匂いが立ち込めている。その通りに二人の女性の姿があった。

「さすがアレシマね。すごい盛りよう」

そう言ったのは燃えるような真っ赤な髪をし、目がぱっちりとした女性。羽衣丸の主操舵士アンナだった。スキニーデニムに、半袖のカットソーを着ており、すらりとした手足が際立っている。頭には紺のキャスケット帽を乗せ、アイボリーの小さなカバンを肩にかけていた。

「ね。お店もいっぱいあって品揃えもいいし」

隣で頷いたのは、青髪でボブカットの大人しそうな女性。副操舵士のマリアだ。ボーダーの入ったブルーカラーのシャツに、タックを入れたカーキ色のフレアスカートが膝下まで伸びている。全体的に落ち着いた印象で固めているが、足元のサンダルは華奢（きゃしゃ）でキラキラと輝いていた。

「なんかもう毎週のように来たいよね。っていうかもう住んじゃいたいくらい」とアンナ。

「ラハマもこれくらいお店があればね～」マリアはため息を吐（つ）いた。

　完全に休日ファッションの二人だが、遊びにやってきたというわけではない。アレシマに来た目的は、第二羽衣丸の備品を調達することだった。羽衣丸はイサオたちとの戦いで失われた。急な計画であり、備品等は全て運び出すことができず、羽衣丸とともになくなってしまった。例えばカーペット、カーテン、トイレ用品だとか。

　ジョニーズ・サルーンや整備班などの備品は、それぞれが担当する。アンナたちの担当は船橋だ。自分たちがいる場所なのだし、やはり納得するものを買い揃えたい。多くの物品はラハマで調達できるのだが、街の規模もあってどうしても品数は少なくなってしまう。そこで、アンナたちは大都市アレシマへとやってきたのだ。

　輸送船から降りて早々、アンナは忠告するように言った。

「分かってるマリア。今日の私たちは、備品を買いに来ただけだからね」

「うんアンナ、分かってる。備品ね備品」

　二人は顔を見合わせてうんうんと頷いた。

　そう、目的は備品だ。決して、決してアンナの大好きなカバンや、マリアの大好きなサンダルを買いに来たわけではない。

二人の共通する趣味——それは買い物だった。勝気な性格のアンナに、大人しめのマリア。正反対の性格である二人だが、買い物の趣味はとてもよく似ていた。アパレルやアクセサリーショップ、靴屋など、オフの日は一緒に出掛けることもよくあった。

イサオとの決戦を終えて数か月、状況が多少の落ち着きを見せた頃、アンナとマリアの二人は街へと繰り出した。自分たちへのご褒美ということで財布の紐が緩み、アンナは大量のカバン、マリアは大量のサンダルなどを購入。そしてついつい、自分たちのキャパシティーを超えるレベルで買い過ぎてしまった。今月は食費を抑えなければならないほどに。

だから今日、アレシマでは決して備品以外は買わないよう決意を固めていた。

さすがに今月はもう出費を抑えなければならない。

そう思っていたのだが——。

「ねえマリア」

「……なに、アンナ?」

「私たち、備品以外は絶対に買わないって言ってたよね」

「……うん、言ってた」

「それがどうしてこうなったと思う?」

三時間後——通りには両手に大量の袋を抱えたアンナとマリアの姿があった。中に入っているのは備品だけではない。紙袋には有名ブランド店のロゴが刻まれている。アンナは大量のカバンを、マリアは大量のサンダルなど靴をいつものように買いこんでしまっていた。

「マリア。あなた正直なところ、自分をセーブできると思ってた？」

「無理」マリアは即答した。「アンナは？」

「私も無理」同じく即答。

「……結論。今月も赤字」

マリアはため息を吐く。敗因はアレシマの品揃えを舐めていたことだろう。次々と目移りし、財布の紐は緩んで、完全にほどけてしまった。今月どころか来月も食費を切り詰めなければならないだろう。これ以上は絶対に余計な出費はしない――とマリアは心の中で誓う。

「ねぇ、マリア。雑誌で見たんだけど、美味しいパフェがあるみたい。寄ってかない？」

「……寄ってこっか？」マリアはすぐに頷いた。

別にマリアは、意志を変えたというわけではない。だってせっかくアレシマまで来たのに、美味しいパフェを食べ損ねるのは逆に損というものだから。

二人は通りを歩いて、目的の喫茶へと向かう。通りにはアレシマの大きな飛行場が面しており、エンジンの轟音が聞こえてくる。飛行船や一〇〇式輸送機などがひっきりなしに離着陸していた。飛行船を見て、アンナは呟く。

「なんか結構、損傷してる機体が多いわね」

アンナの言う通りだ、とマリアも思った。大型の飛行船はあちこちぼろぼろだ。どの機体も整備や修理が間に合っていないような印象を受ける。

と、そのときよく知る声が近くから聞こえてきた。

「私はもうとっくに立派な大人だ！」

「あれ、この声……」

声がしたのは、滑走路脇に並んでいる格納庫からだった。ガレージの中には、修理のためかぼろぼろの戦闘機が収められている。その手前で、老人と少女が何か言いあっていた。

老人は整備員なのかツナギを着ており、手にはレンチを持っている。もう一人は、老人よりも頭一つ分小さい少女。いや、少女という形容は適切ではない。なぜなら彼女はアンナやマリアより年上なのだから。ツナギの上半身部分を脱いでタンクトップを露出し、帽子を後ろ向きに被(かぶ)った羽衣丸の整備班長、ナツオだった。

「あれ、班長じゃん。どうしてここに？」とアンナ。

「用事でもあったのかな？」マリアも首を傾(かし)げる。

ナツオは大きな声で老人と怒鳴り合っていたが、やがて老人に手を振った。

「じゃあな、じいさん。健康には気ぃーつけろよ」

「バカヤロウッ、こちとら手前(てめえ)の親父(おやじ)が玉袋に入ってるときから飛行機を扱ってんだ。簡単にくたばるかってんだ」老人がしわだらけの顔を、さらにくしゃくしゃにして笑う。

「そうか。そんだけ言えるなら安心だよ」

ナツオがにかっと、子供のような笑みを浮かべ格納庫から離れる。そこでようやくアンナたちに気が付いたようだ。「よ」と手を上げ、こちらへやってくる。

「なんだ。お前たち、こんなとこで何やってんだ？」

「班長こそ何ですか！」

アンナが上擦った声で言う。その顔は、彼女の髪色と同じように赤くなっている。

「あ？」

「今の下品な会話！」

「変態？　もしかして変態な話題ですか⁉」目を輝かせて食いついたのはマリアだ。「班長、あのおじいさんとどういう関係性なんですか⁉」

「下品？　ああ、あの爺か」ナツオが格納庫を振り返る。「別に。なぁにちょっとした知り合いだ。昔、世話になってな。ったくいつまで経っても私をガキ扱いして」

「なんだ、変態な話題じゃないんですか……」

「マリア！」赤面したアンナが叫び、こほんとわざとらしく咳払いをする。「それで班長、どうしてアレシマに。何か出張ですか？」

「いや、色々と調達したいブツがあってな。特にキリエとチカのものを」

「あのお騒がせコンビの？」

ナツオは腕を組み、難しい顔で頷く。

「ああ。あいつらこの前、また隼をぼろぼろにしてな」

「「ああ～……」」

その件はアンナたちも知っていた。つい数日前のことだ。輸送船の護衛を引き受けていたキリエとチカは、任務には成功したもののかなり被弾して帰ってきたという。

「修理をしようにも肝心のパーツがなくてな。ラハマ中の業者に問い合わせたが、どこも品切れ。仕入れの見通しも立ってないらしい」

「自由博愛連合の争乱があってから、空賊が増えてるみたいですしね」とアンナ。

「確かに、最近すごく多いもんね」とマリア。

イサオたちとの戦いが終わってからは空賊が劇的に増え、ラハマ近辺でも多く目撃されている。自由博愛連合の残党が空賊に転向しているなどという噂もあるほどだ。マリアたちがラハマからやってくるときも、輸送船には多数の護衛機がついていた。

「それでアレシマくんだりまでやってきたんだけどな。しかしまあ、こっちも同じような状況みたいだな。ジャンク品ならともかく、まともなパーツは入荷してない」

どうしたもんか、とナツオは頭を掻く。

「なるほど、そういう事情だったんですね」とマリア。

「ああ。で、お前たちはどうして――」ナツオはアンナたちが抱えた大量の紙袋を見て、呆れの混じった笑みを浮かべた。「……聞くまでもなかったな」

「違いますよ！」マリアは荷物を持ったままの手をぶんぶんと振る。「私たちは第二羽衣丸のための日用品や備品だとかを買いに来たんです。決して、決してサンダルとかを買うために来たわけじゃ……」

「結果として買い込んじゃってるけどね」とアンナ。

「う……」マリアは肩を落とす。

「はは。ま、息抜きもいいけどほどほどにしとけよ。じゃあな」

ナツオはくるりと身を翻し、歩いていった。

マリアはナツオの後ろ姿を見つめる。彼女の服装は、着古したであろうタンクトップにぶかぶかのツナギ、そしてつば付きの帽子。彼女は年がら年中同じ服を着ている。

アレシマには多くのアパレルショップやアクセサリーショップがある。ファッションの街としても有名であり、繁華街などはお洒落な服装の人たちでいっぱいだ。そんな中でナツオの格好はかなり浮いている感じがする。それに、ナツオは小柄な上に童顔で、容姿も整っている。そのまま放置するのはなんか勿体ないというか――。

「……ねえ、アンナ。私、一つ思いついたことがあるんだけど」

「奇遇ねマリア。私も同じこと思ってた」

二人は顔を見合わせて、にやりと笑う。

そしてナツオを追って駆けだした。

「はーんちょう」

マリアはナツオの肩を叩いた。

「ん？　どうした？」

「私たちも同じほうに用があるので、一緒に行っていいですか？」

「そりゃ、別に構わないが」ナツオは不思議そうに首を傾げる。

ナツオを間に挟み、三人は並んで街を歩いた。最年長はナツオなのだが、傍から見れば並んで歩くマリアたちのほうがずっと年上のお姉さんに見えるだろう。

「ね。班長って服とか持ってるんですか？」とアンナ。

「服？　ちゃんと着てるぞ」ナツオはタンクトップを引っ張った。「なんだ。私が全裸で歩いてるようにでも見えるか？」

「そういうことじゃなくて！」全裸という言葉に反応し、アンナが顔を赤らめる。「もっとこう……お洒落とか興味ないんですか？　服とか、カバンとか」

「ない」きっぱりとナツオは言う。「こちとらもう何年も、それこそお前たちのケツが青い頃からこれで通してきてんだ。いまさらそんな気にもならん」

「でもそれって……食わず嫌いってことじゃないですか？」とマリア。「班長もちょっとお洒落してみたら、案外ハマっちゃったりするかもしれませんよ」

「ないな。羽衣丸が垂直旋回するくらいあり得ない話だ」

二人は両端からぐっと顔を寄せ、ナツオを見つめた。

「ええ、本当ですかぁ？」とマリア。

「本当に？」とアンナ。

「……お前たち。さっきからどうした？」

ナツオが徐々に、二人を訝しみ始める。そして繁華街の中ほどまでやってきたとき――アンナとマリアは、ナツオの腕を左右からがっしり摑んだ。

「あ⁉　なにしやがる、お前ら！」

「班長！　なんかあっちにいい感じのお店がありますよ〜。ちょっと入ってみませんか。ちょっとだけ、本当に寄ってくだけですから！」マリアが笑って言う。

「いい店って服屋じゃねえか！　あんな浮ついた店に入れるか！」

「大丈夫大丈夫。ちょっと試すだけだから」とアンナ。

「バッカモーン！　お前ら離せ！」

ナツオは足を振り回して暴れる。が、結局左右から二人に抱えあげられ、そのままマネキンたちがひしめく店の中へと強引に連れていかれてしまった。


店に入ってから約一時間後——。

「なんだこりゃあ!?」

そこには、姿見の前で絶叫するナツオの姿があった。

ふりふりのついた黄色のワンピース、上に羽織った薄いカーディガン。いつもの帽子の代わりにボーターを被らされ、足元はマリアが靴売り場で選んできたサンダルになっている。ツナギを着た男勝りなナツオの姿はそこにはない。鏡に映っているのは十代中盤にも見える幼い少女だった。

「きゃあっ！」マリアが胸の前で手を結んで叫ぶ。「わぁぁ、似合ってますよ班長！　とってもとっても似合ってます！　かわい〜！」

「素材がいいからね。うん、私たちの目に狂いはなかった」とアンナも満足げだ。

店に入ってから、二人はありとあらゆる服をナツオに着せた。まるで着せ替え人形のごとく。そして最終的に一番似合うという結論に落ち着いたのがこの格好だった。

「私？　これが私か？」

ナツオが顔を顰めると、鏡の少女も同じく顔を顰めた。ナツオは初めそれが自分だと認識できなかった。鏡の向こうに別人がいるのかと思ってしまうほど変わり果てた姿だ。

「班長！　ほんとにすごく似合ってますよ～」

横ではしゃぐマリア、満足そうに見ているアンナ。

だが一方のナツオは不満足そうで――衆人環視の中ワンピースを脱ごうとし始めた。

「ちょっと班長！　何やってるの！」慌ててアンナが止めに入る。

「なにってお前、こんな服を着てられるかってんだ！」

「でももう買っちゃいましたよ。プレゼントなんだし、受け取ってください」とアンナ。

服の代金はマリアとアンナの二人が折半して払っていた。

「返品だ、返品。早くツナギをくれ！」

ナツオは手を差し出すが、マリアに先ほど渡した（というより試着室で強引に剝ぎ取られた）はずの服はなかった。マリアは手を合わせて頭を下げる。

「ごめんなさい、班長～。服なんですけれど、もうクリーニングに出しちゃいました」

「な……⁉」絶句するナツオ。「ってことは、おい。まさか！」

「しばらくその服を着るしかないってことね」とアンナ。

「……！」

ナツオは険しい表情になる。鏡でもう一度自分を見て――さらに眉間のしわを深くした。

その後は服と靴だけでなく、アンナお勧めのトートバッグも合わせて買い与えられた。アンナたちによるコーデは抜群で、すれ違う人たちも思わず一瞥してしまうほどにナツオは際立った可愛さだった。それにもかかわらず、当の本人はむすっとした表情で歩いている。

「班長、そんな顔をしてたら台無しですよ」とアンナ。

「そうですよぉ」とマリアも言う。

「誰のせいだ！」とナツオが怒鳴る。「さっきから歩いていて滅茶苦茶に違和感があるからな！　下から風が入ってきて股ぐらのあたりがやけにすーすーする。おまけに鼻緒がこすれて痛いし砂も入る。不便で仕方ないぞ！　機能性をかなぐり捨ててるな！」

「股ぐらって……」とアンナ。

ナツオは自分のワンピースの裾を引っ張った。生足がすらりと露出する。

「なあマリア、お前もスカート穿いてるけどなんにも思ったりしないのか？」

「うーん、でも私たちにとってはそれが日常ですし……」

「日常、このすーすーする感覚が日常か……。私には一生、慣れんだろうな」

二人のコーディネイトは、ナツオはあまりお気に召さなかったようだ。

ナツオは腰に手を当て、はぁっと息を吐く。

「私はまたこれから別の店に寄ってく。ここでお別れだ」

ナツオはアンナたちに手を振り、離れようとした。

が、再びアンナとマリアは両脇からナツオの腕を取る。

「班長〜。まだ私たちの用事は終わってませんよ」とマリア。

「この先に美味しいお店があるの。お茶していきましょう」とアンナ。

ナツオが露骨に嫌そうな表情を浮かべた。

「お茶……だと？　次はなにを考えてる、お前ら」

「喫茶店なんですけど、パフェがとっても美味しいらしいんです」とアンナ。

「ぱふぇ！」ナツオが叫ぶ。「ぱふぇてえとあれか。やたら煌(きら)びやかで、色がド派手な甘そうな菓子か！　止(や)めろ、こちとら煎餅や茶で十分なんだ！」

「食わず嫌いはよくないです、班長」

「そうですよぉ。食べればきっと気に入りますよ〜」

「いや、気に入らん！　絶対気に入らん！」

ナツオは足をじたばたと振り回し、脱出を図る。しかし抵抗むなしく、腕を二人に掴まれたまま次なる店へと連行されていった。


喫茶店は歩いてすぐだった。裏路地に面した小さな店だが、通りにまで列ができている。ナツオを宥(なだ)めながら十分ほど待って入店すると、愛想のいいウェイトレスが三人を案内してくれた。小物や調度品がセンス良く置かれている可愛い雰囲気の店だ。

「ったく、わざわざ並んでまで食べるようなもんなのか？」ナツオはむすっとした表情で、店内を見回した。「客層も若い女子供ばかりじゃないか。私なんか場違いもいいとこだぞ」

「ええ〜、そんなことないですよ」

マリアは正面に座っているナツオを見回す。ふわふわのワンピース、傍らに置いたトートバッグといい、全てが似合っており、この店に調和している。椅子にちょこんと座っているその姿はまるで人形のようだ。

ウェイトレスの一人がメニューを持ってきて、にこやかに笑う。

「ただいまキャンペーンを行っておりまして。開店十六周年記念ということで、十六歳以下のお客様に限りこちらのメニュー半額になっております。よろしければ」

ナツオは受け取ったメニューを、アンナたちに差し出した。

「十六歳以下だとよ。よかったな。お前たち若く見られてるじゃないか」

アンナとマリアはくすっと笑った。

「？　なんだ、どうかしたか」

「やだもう。十六歳以下って班長のことですよ」とマリア。

「なにぃ⁉」ナツオはがたっと椅子から立ち上がる。

「店員さん、班長を見てましたよ。童顔ですしそれくらいには見えますよ」

「バッカモーン！　そんな年下に見られてたまるか。私はな、もう今年で二十――」

「どうします、班長。何を頼みますか？」

アンナが言葉を遮り、メニューを開いてナツオに見せる。料理の名前と、カラフルに着色されたイラストが描かれている。

「……なんだこりゃ。ド派手な名前と見た目しやがって。本当に食べ物か？」

「あ、これなんかどうですか？」マリアがメニューを指さす。「飛行機の形してるパフェみたいですよ。赤とんぼとか隼とか飛燕とか、色々あります」

「お前たちに任せる。見てると目がチカチカしそうだ」

アンナが店員を呼び寄せ三人分の注文をする。まず飲み物が運ばれてきた。ナツオはオレンジジュースだ。そしてしばらくすると本命のパフェがやってきた。ナツオの前に置かれたのは、隼の形を模した十字の器に入ったパフェ。ベースはミルクアイスで、コーンフレーク、色鮮やかな果実、ウエハースなどがトッピングされている。

「わぁすごい、美味しそ〜う。班長、隼ですよ」とマリア。

「隼だぁ？」ナツオは目を細め、目の前のパフェをじっと観察した。「機首にうえはーすが三枚ついてるけど、これがプロペラだな。のくせして筒型の照準眼鏡がついている。……一型なのか二型なのか三型なのかはっきりしろって感じだな」

「細かいですね……」とマリア。

「隼形ってあるし、全部の特徴を合わせてるだけじゃないの？」アンナはスプーンで、飛燕形のパフェを掬い取る。「なんか隼もいっぱいあるよね。一型はプロペラが二枚だけで分かりやすいけど、二型と三型とかは区別全然つかないし」

「確かにね〜。細かすぎて、全部一緒でいいんじゃないかなとか少し思っちゃう」

マリアの言葉に、ナツオの眉間がピクリと動く。

「それこそ、服飾品と一緒だ」

「え？」とマリアが聞き返す。

「お前たち、カバンとかサンダルとか買うだろ。カバンとサンダル——言っちまえば物入れと履き物だな。じゃあその名の通り、単に物を入れられたり、履けたりだけすればいいかっていうとそうじゃないだろ。名称だとか私にはよく分からんが、物品ごとにそれ唯一の機能やデザインがあるはずだ」

「それは……はい」

「戦闘機もそれと同じだ。機種の数だけ特徴がある。まあ、こっちは機能性重視でデザインはその結果になることが多いみたいだけどな。生産工程だとか製造費用だとかの課題が影響していることもあるが……」

「……」

アンナとマリアはぽけーっとしてナツオを見つめていた。

二人の反応に、ナツオが顔を顰める。

「なんだ、二人ともぼーっとした顔して」

「いえ……。少し意外で」とマリア。「そうですね。班長の言う通りです。ただ私、班長って服とか全部一緒だと考えていて、無頓着なのかと思ってました……」

「ちゃんとそういうことを考えてたんですね。少し意外で」とアンナ。

着ることができれば何でもいいと、その程度の認識でいるのかと思っていた。だからいつでもどこでもツナギで、服装に無頓着なのかと。

「お前たちな、私を何だと思ってるんだ」ナツオが目を細める。「別に、服飾に興味がゼロってわけじゃない。ただ、人には人に適したものがあるって話だ」

「班長は、その服も似合ってると思いますけど……」

マリアの言葉にナツオがははっと笑う。

「ありがとな。でも、そういう話じゃないんだ」

「……？」マリアは首を傾げた。

「班長、それよりも味ですよ。人生初パフェ、早く食べてみてください」

アンナはナツオを急かした。長々と話し込んだせいで、目の前のパフェは溶けかけている。

ナツオはスプーンを持つものの、パフェを周囲から眺めて困惑している。

「……どっから食べればいいんだ、これ？」

「普通に上から取って食べればいいんじゃないですか？」

「普通が分かんないんだよこっちは。ったく、見るからに甘そうだな。私はもっと甘さ控えめの菓子が好きなんだ。期待してるとこ悪いが、多分私には合わないぞ」

ナツオは胴体部のアイスを掬い、スプーンを口へと入れた。ぱくりと食べると、ぴたりと動きが止まった。眉間に深くしわを刻んでいる。

「班長、どうですか？」アンナが尋ねる。

「……」

ナツオは無言のまま、もう一度胴体部分を掬って口に入れた。

「班長？」とマリア。

「……い」

「「い？」」

「………………意外と、いけるじゃねえか」

ナツオの感想に、マリアたちは笑う。

「よかったぁ。ね、こういうのも意外といいものでしょう？」

「ああ……」

ナツオはスプーンを握りしめ、ぷるぷると震えている。

「班長、何で悔しそうなんですか？」とアンナ。

「……なんか、なんか負けた気になるな！　畜生！」

そう言いながら、ナツオはまたアイスを口に運んだ。

十六歳以下とごまかすことはなく、きっちり正規の値段を払って三人は店を出た。

「それじゃ、今度こそお別れだな」

「ええ～。もうですかぁ？　せっかくだし、まだ色々と行きましょうよ」

引き留めようとするマリアだが、ナツオは首を横に振る。

「私は一人でやってきたわけじゃない。班員も何人か連れてきてんだ。アレシマ全域を一人で回るなんて無理だからな。班長が一人だけ休んでるわけにもいかないだろ」

「ええ～……」

マリアは名残惜しそうに言う。アレシマにはまだ多くの店がある。せっかくだし、もっとナツオを連れて回りたいと思っていたのだが。

「……あれ？」

アンナは通りの向こうからやってくる人物たちに気づく。ツナギを着た四人の男たち、羽衣丸の整備班だった。彼らもアンナとマリアがいることに気づいたようだ。

「アンナさん、マリアさん。お疲れ様です」

「「「お疲れ様です！」」」

班員の一人、ノリユキが帽子を取って頭を下げる。後ろの三人も同じように頭を下げた。

「お疲れ様」とアンナも軽く声をかける。

「アンナさんとマリアさんもアレシマに来てたんですね。どうしたんですか？」

「私たちはカバ……じゃなくて、日用品や備品を買いにね」

「休日までお疲れ様です。自分たちは、今は別行動なんですけど班長と一緒にやってきてまして。パーツの調達で。……ん？」

そこでようやく、班員たちはアンナたちの傍らにもう一人いることに気が付いた。

「おう、ノリユキ」とナツオが手を上げる。「こっちは何軒か回ってみたけど全滅だ。そっちの首尾はどうだった。調達はできそ——」

ナツオの言葉を途中で遮り、頭の上にぽんとノリユキの手のひらが乗る。

「こらこらお嬢ちゃん。年上の人に呼び捨てはよくないぞ。さんをつけなきゃ」

「……は?」

ぽかんと、ナツオは口を開ける。

傍らにいたアンナとマリアは「「うわっ」」と小さく叫んで逃げ腰になる。一方のノリユキは気づく素振(そぶ)りもなく、顎に手を当て「うん?」と首を傾げている。

「あれ、ってかお嬢ちゃん、何で俺の名前を知ってるんだ? もしかして会ったことある? そういえばどこかで見たことがあるような——」

ノリユキは顔を寄せ、じーっとナツオを見つめた。ナツオの両拳は固く握りしめられ、身体(からだ)はぷるぷると震えている。しばらくして、ノリユキは「あ」と声を出す。

「そうか、班長——」

「テメエ、やっと気づいたか!」

「——の妹さんかなにかですか?」

「……!」

「ああ!」「確かに似てる!」と他の班員たちも頷いた。

「うん、そういえば面影があるな。そうか、班長の妹さんか。可愛らしいな！」

ぽんぽん、とノリユキは頭を軽く叩く。

「でも似てるようで似てないな」「そうだな。班長はこんな服なんて着ないし」「見た目は幼いけど、中身は誰よりも親父って感じだしな」と喋る班員たち。

「…………………お前ら」

「あ、そうだお嬢ちゃん。これをあげるよ。さっき貰ったんだ」

ノリユキが差し出したのは、子供向けのカラフルな棒付きキャンディだった。

ブチッ、と何かが切れる音。

数歩下がってその様子を見つめていたマリアは、思わずアンナに抱き着いてしまう。ナツオの背中から、めらめらと炎が出ているかのようだ。

ナツオはトートバッグの中に手を突っ込む。中から取り出したのはイナーシャハンドルだった。太陽の光を反射し、ぎらぎらと輝いているそれを、ナツオはぱしっと自らの手のひらに叩き付ける。

「散々好き放題に言ってくれるな、お前ら」

ノリユキ含め、班員たちの顔がさぁっと青ざめる。

「え？　あれ？　そのイナーシャって班長の……え？」

ナツオはハンドルを大きく振り上げた。

「本人だバッカカモ――――ンッ！　お前らの頭についてるカウルかっ開いてそのまともに機能

してないエンジン総ヒッカエにしてやんぞ!!」

　班員四人は一斉に横一列に並んだ。皆、ぴんと背筋を伸ばして高らかに叫ぶ。

「「「うす！」」」「喜んで！」

「んで首尾は！」

「まだ数店舗しか回ってないけど、見つかってないっす！」

「そうか……」ナツオはすぅっと息を吸い込んだ。「んじゃとっとと次行ってこい！　解散！」

「「「「うす！」」」」

　班員たちは返事をすると、勢いよく駆けだしていった。

　アンナたちはナツオの姿を感心したように眺めていた。可愛らしい少女にしか見えないが、羽衣丸の整備班をまとめ上げる班長の風格を確かに感じる。

　とそのとき、ウ――――――ッと甲高い音が辺り一帯に響いた。

「……この音って」

　マリアは緊張して周囲を見回す。

　思った通り、音は飛行場にある管制塔から流れているようだ。

　だとすれば考えられるのは空賊の襲来か――。

「あれ！」

　アンナが滑走路の向こうの空を指す。遠くに小型の輸送船、そして周囲に三機の護衛機が見えた。護衛機は隼三型のようだ。輸送船からは小さな煙が出ている。高度を下げており、滑走路へ降り立とうとしているようだ。

「……！」

ナツオの顔つきが変わった。彼女は滑走路へと向けて走り出した。サンダルで走りにくそうだ。アンナとマリアも互いに頷くと、ナツオの後を追う。

ナツオたちが滑走路に着くと、まさに飛行船が降り立つところだった。対空砲は壊され、船体はあちこち焼け焦げている。だが幸いにもそこまで被害は大きくなさそうだ。タラップが降りて、乗客が出てきた。待機していたアレシマの自警団や整備員が、消火活動を行っている。

続いて隼三機が、滑走路へと降り立った。こちらも主翼などに被弾の痕が見られるが、操縦士は無事のようだ。こちらでも消火活動が始まった。

「また空賊かな……」とマリア。

「ほんと、最近多いよね」とアンナ。

空賊は増え、パーツの需要は高まるばかり。だから、飛行船なども完全な整備が行われないのだろう。と、アンナたちは遅れてもう一機、戦闘機がこちらへ向かっていることに気づいた。黒い塗装の紫電（しでん）だ。主翼がかなり損壊しており、機体は左右にふらふらと揺れている。

ナツオが戦闘機を見て叫ぶ。

「脚が出てねえぞ！」

「「え⁉」」

アンナたちは驚きの声を上げた。

紫電の主脚は引き込み式を取り入れている。飛行中は脚を引き入れることによって空気抵抗を減らし、速度を上昇させている。だがやってくる機体はその左脚が出ていない。油圧か何か機体のトラブルか。あるいは操縦士による操作ミスか――。

紫電は着陸位置を大幅に越え、こちらへ向かって滑空してくる。

「危ないぞお前ら！」

ナツオがアンナたちの手を取り、強引に引っ張る。

紫電が路面へと到達する前に、わずかにふわりと浮く。そして片脚のままで着陸した。胴体が路面に思い切り激突し、すれる。がががが、という激しい音を立てて滑走路が削れる。勢いを殺しきれず、紫電は火花を散らしながら滑っていき――先ほどまでアンナたちがいたところを通過していく。そのまま滑走路をオーバーし、脇の格納庫へと突っ込んだ。閉まっていたシャッターをバキバキと割っていく。

「あぶな……」

マリアは顔を青くしている。少し遅れていれば、巻き込まれてもおかしくなかった。

「班長、ありがとう」

アンナが礼を言うも、ナツオは焦った様子で叫んだ。

「爺！」

ナツオが格納庫へ走り出す。そこで、ようやくアンナたちは気づく。紫電が突っ込んだのは、ナツオと老人が話し込んでいた格納庫だった。

紫電はシャッターを突き破り、格納庫へ突っ込んでいる。油に引火したのか、格納庫の中で炎がめらめらと燃えている。

アレシマの整備員たちは、輸送船と三機の隼で手いっぱいだ。事態に気づいて通りからこちらへ向かってきている人たちもいるが、その間にも火はみるみると大きくなっていく。

格納庫の入り口近くに、人の姿が見えた。ナツオが世話になったというあのおじいさんだ。

「おい、大丈夫か！」

「バカヤロウ、この程度でくたばるか！」ごほごほと咳き込みながら老人が言う。

「……！　そうか、そりゃ安心だ」

マリアがおじいさんに駆け寄り、肩を支える。咳き込んでいるが外傷は特にないようだ。

ナツオは格納庫脇に備え付けてあった消火器を取り、火へと噴射する。アンナもそれを手伝った。格納庫の火の手はすぐには収まらなかったが、駆けつけてきた街の住民たちも消火に加勢し始める。徐々に、火の勢いは衰えていった。

「この分だと、大丈夫そうみたいですね」とアンナ。

「ああ――」

ナツオが頷くも、格納庫の中を見てはっとした表情を浮かべた。

ナツオはまだ炎が燃える格納庫へ、躊躇もなく飛び込んでいく。

「ちょっと班長⁉　何してるんですか⁉」

アンナの制止も聞く様子がない。ナツオは格納庫に突っ込んで停まっている紫電の左翼に飛び乗ると、風防に手をかけた。手間取っていたが、後部へとスライドさせて無理やりこじ開ける。ナツオは中に何度か呼びかけたあと、手を入れて操縦士を引っ張り出そうとした。だが、かなり苦労しているようだ。

「もう班長！　何やってるんですか！」

アンナがナツオの後を追う。次いでマリアも中に飛び込んだ。

二人はナツオと同じく翼に上った。操縦席には、頭部に手拭いを巻いた男性の操縦士が乗り込んでいた。ぐったりとしており、気を失っているようだ。三人は協力して男性を引っ張りあげる。ナツオが大きな声で叫ぶ。

「お前ら、早く出るぞ！　引火する！」

「「え⁉」」

三人は男性を運びながら出口まで行く。外へと出た瞬間、格納庫の中でばぁっと大きな炎が燃え上がった。火は勢いを増し、倉庫全体が大きな炎に包まれていく。

格納庫はごうごうと燃え盛り、整備員たちも手が付けられなくなってしまった。あと少しでも遅れていたらこの炎に巻き込まれていたかと思うと、マリアたちはぞっとする。そしてそれは、紫電の操縦士も同じだ。ナツオが飛び込まなければ彼は――。

乗っていた操縦士に大きな外傷は見られず、命に別状はなさそうだ。整備員たちが担架に乗せ、運んでいく。

倉庫は未だにごうごうと燃え盛っている。大破した紫電にも火の手が回っていた。

「ああ、紫電が……」マリアは呟く。

「ありゃもう修復は無理だな」とナツオ。

イジツでも戦闘機は作られているが、エンジンには高い技術力が必要、また費用もかかる。特に今は物資が不足していることもあり、新規に製造できる機体の数は減少している。

マリアは、ナツオをちらりと横目でうかがった。ナツオは整備士で、多くの戦闘機を修復してきた。目の前でこんなにも無残に飛行機が壊れれば、さぞや悲しんでいるだろう。

「班長、残念でしたね……」

——と思ったのだが予想に反して、ナツオは案外けろりとしている。

「乗るやつがいてこその飛行機だ。搭乗者がいなくなれば空も飛べねえ鉄くずだからな。あの操縦士が無事だったならそれでいい」とナツオは頷く。

「……そうですね」

マリアも頷いた。確かにあんな派手な着陸をして、助かっただけでも運がいい。そこでようやくナツオの服に目がいく。彼女の服にはべっとりと、粘着質の黒い液体がついていた。

「班長。それ……」

「あ？」とナツオは自分の胸を見やる。「ああ、なんだ。気にするな、ただの油だよ。風防についていたのが付着しただけだ。お前らのほうは汚れてないか？」

アンナとマリアは互いの服を確認する。どちらも多少は黒ずんで汚れているものの、油などは付着していない。

「私たちは大丈夫」とアンナ。

「そっか、よかった。ま、服をこんなふうに汚すのは私らだけでいいからな」

「……え？　それってどういうことですか？」

ナツオの言っていることがよく分からず、マリアは聞き返す。

「いや、整備士ってのにはな、汚れはつきものなんだよ。戦闘機ってのは至る所に潤滑油があって、簡単に噴き出しやがる。整備してりゃ汗と油にまみれるのが日常だ。んで、その油ってのがまた曲者（くせもの）でな。洗ってもまるで臭いが落ちやしねえ」

ナツオは笑って自分の手を前に出す。ナツオの手は、彼女の体格に見合うくらいに小さい。だが、至る所に古傷や火傷の痕があり、皮は厚くなっている。それは女の手という以前に、一人の熟練した整備士の手であった。

「戦闘機乗りってのがまた、どいつもこいつも馬鹿ばっかりでな。休みもなくひっきりなしに機体を発進させやがって、んで帰ってきた奴（やつ）は機体もぼろぼろだろ？　私らには休みがあってないようなもんだ。服だっていつ汚れるかも分からんしな」

「……」

「だから、私らにはいつもの服でいいんだ。作業もしやすいし、好き放題に汚せるしな」ナツオは頭を掻いた。「悪かったな。せっかく買ってもらったのに汚しちまって」

「いえ……。そんな」

ナツオは地面に置いていた、アンナが買い与えたトートバッグを手に取る。

「じゃあな。私はまだ店を回ってくから」

　背を向けて歩いていくナツオの後ろ姿を、アンナたちは見つめていた。もう、彼女を引き留めることは二人にはできなかった。

「……そっか。そういう理由もあったんだ」

　アンナたちは今日一日のナツオの言葉を思い出していた。お洒落に無関心なわけではなく、あえてしない。――デザインを優先すれば当然その分、機能性は落ちてしまう。カバンは収納性が落ち、サンダルは走りにくく、服は油で汚れてしまう。

　アンナの裾が横から摑まれた。マリアが不安そうな顔で見つめている。

「アンナ、どうしよう。私たち班長のこと何も考えてなかったかも」

「……そうね」

　明け透けに物を言うことが多いアンナだが、黙ってしまう。確かに自分たちはナツオのことを何も考えていなかったかもしれない。もう何年も整備士として働いているナツオ。彼女の格好もまた、その長年の経験に基づいたものだったのだ。

　とそのとき、向こうを歩いていたナツオが突然くるりと振り返った。

「でもな！」

　ナツオは白い歯を見せてにかっと笑った。彼女の上げた手には、アンナの贈ったトートバッグが握られている。

「すごく久しぶりだったけど、こういうのも悪くはなかったぞ。たまにはな！　また今度も

――いや、今度は私がお前たちを連れてってやる。今度は私が、ぱふぇに代わってお前たちにたっぷりとご馳走してやるからな！　飛行機の授業もな！」

ナツオの言葉に、アンナはしばし茫然としてしまう。

アンナは背筋をピンと伸ばし、敬礼をして言った。

「うす！　喜んで！　……ほら、マリアも」

「……うす！」

マリアも遅れて、敬礼した。

彼女らの敬礼にナツオは少し驚いたようだけれど、笑ってそのまま歩いていく。

あれが羽衣丸の整備班長か――とアンナたちは少し感服してしまう。

親父臭いところがあって乱暴な側面もあるけれど、こざっぱりとしていて禍根を残さず、とても気持ちがいい。それはもう班員たちから好かれるわけだ。

「マリア、クリーニングに預けた班長のツナギ、そろそろ取りにいこっか？」

「うん」とマリアも頷いた。

隠し砦の三女

THE MAGNIFICENT
KOTOBUKI

ラハマの端にある飛行場、その向こうには延々と乾いた大地が広がっている。かつてあった陸路は廃れてその名残すらなく、地面は荒れ果てている。その荒野の上を、轟音を鳴らして二機の飛行機が飛んでいた。前を行くのは迷彩を施した隼一型だ。後ろを飛ぶのはずんぐりとした濃い緑色の機体、雷電である。

まず隼が滑走路に、続いて雷電が降り立った。滑走路にはラハマ自警団の有する九七式が多く停まっていた。雷電の風防が開き、自警団のメンバーであるトキワギが姿を現す。彼はふぅっと息を吐いて、額の汗をハンカチで拭った。

先に隼から降りたエンマが、雷電へと歩み寄る。

「お見事ですわ。この短い時間で飛躍的に上達なされましたね」

「ええ？　そうかぁ」トキワギは照れ臭そうに頭を掻く。

「ええ、この分ではすぐに乗りこなせると思いますわ」

「そうかぁ。はは、チカ姐さんに鍛えてもらった成果がようやく実を結んだな。やっぱ雷電は俺に相応しいみたいだな！」

トキワギは大きな声で笑うと、自分の胸を叩いた。

エンマの下へと自警団団長が近づいてきた。彼は深く頭を下げる。

「今回は急な申し出にもかかわらず、引き受けてくれて感謝する」

「お気になさらず。仕事ですから」

今回、エンマはラハマ自警団の訓練を引き受けていた。自警団の更なる強化を図るためだ。もちろんオウニ商会を通した賃金の発生する仕事としてである。

「みなさん、随分とのみこみが早いですわ」

団長は、向こうで上機嫌そうにはしゃいでいるトキワギを見つめた。

「そう言ってくれて助かるよ。あなたたちの激励は、隊の士気に大きな影響を与える」

再び礼をして去っていく団長の後ろ姿を見つめながらエンマは思う。

（……ばれていますわね）

「エンマ」と後ろから呼び声。

振り向くとケイトが立っていた。

「あらケイト。首尾はどうでしたか？」

「人への指導は難しい。みんな、途中で音をあげた」

「何を教えたんですの？」

「逆宙返り」

「……またいきなり無茶を」

向こうに九七式の操縦席でぐったりとしている自警団の姿が見える。

「あなたの軌道は独特ですものね」

変態的な軌道を行うケイトに、人の指導は難しかったようだ。むしろこういうのは案外チカのほうが得意かもしれない、とエンマは思う。ストリートチルドレンとしてたくさんの仲間と一緒に育ってきたチカは、あれで意外と面倒見のいいところがある。トキワギなど彼女をチカ姐さんと呼んで慕うほどだ。もっとも彼女の飛行は破天荒で予想がつかず、参考になるかといったら微妙だろう。一方のキリエは基本に忠実な飛び方をするが、人に教えられるかといったら不安が残る。

「一つ質問がある」ケイトは手を上げた。「ケイトは、トキワギの操縦技術が飛躍的に上達とまで言い切るのは少し疑問である。特に機銃の撃ち方は狙いが定まっていない」

「あら、ケイト。前にも言ったはずですわよ」

「……処世術？」ケイトが首を傾げる。

「ええ。あの人は恐らく褒められて伸びるタイプです。彼のやる気が自警団全体の雰囲気にも影響しますしね。もっとも、団長さんにはばれていたようですけれど」

「なるほど。理解した」

「ただトキワギさんを含めて、自警団全員の地力が底上げされているのは事実ですわ」

機体の整備から始まり、隊の連係、対空砲の使い方など着実に改善されている。もはや半年以上前とは比べ物にならない。前のエリート興業ほどの戦力ならば彼らだけで撃退できるくらいの力はついているはずだ。

（……ただ、このような状況になった理由を考えると手放しでは喜べないのですけれど）

エンマは滑走路の向こう、雲一つない青空を見て息を吐いた。

「エンマはこの一週間、何か悩み事があるとケイトは推察する」

「……あらケイト。どうしてそう思いますの？」

「この一週間でエンマが吐いたため息の回数は私の観測しうる範囲で三十二回。ここまでの頻度は過去には例をみない」

「よく数えていますわね」エンマはまた息を吐く。

「三十三回目」

「……ケイト、今月に入ってこの近辺で何回空賊が目撃されたか記憶していますか？」

「六回。明らかに、例年の月平均と比べて頻度が高くなっている」

「ええ、悩みの種はまさにそれですの」

半年前、自由博愛連合は同盟軍により打ち倒された。イサオによる独裁の心配はなくなり、再び平和が戻ってきた——というほど事態は簡単ではなかった。ここ数か月、どの街でも空賊による襲撃が著しく増加したのだ。強大な力を有していた自由博愛連合は、空賊たちの抑止力としても機能していた。なりを潜めていた空賊たちの活発化。そして過激派の存在。襲撃はラハマも例外ではない。エンマたちが訓練を依頼されたのにはそんな背景があった。

「皮肉ですこと。確かこのような状況を、ユーハングでは、『虎口を逃れて竜穴に入る』と言うのでしたっけ……」

「三十四回目」

再びため息を吐くエンマに、ケイトが呟いた。


その夜、エンマ、ケイト、レオナ、ザラの四人は通りを歩いていた。第二羽衣丸が建造中のためジョニーズ・サルーンも休業中であり、一行は代わりに別の酒場へと向かっている。ちなみにレオナとザラは既に何回か行っているらしい。店の名前は「ハーヴィー」といった。

「それにしても……キリエとチカがウェイトレスだなんて未だに信じられませんわ」

二人が酒場で働いているとは聞いていたが、エンマが店を訪れるのは今日が初めてとなる。キリエがウェイトレス姿を見られたくないと激しく抵抗していたためだ。

だが仮にも仕事として引き受けているのだから、いつまでも「見られたくない」などと甘えたことを言わせておくわけにはいかない。――というのは建前で、そこまで拒絶されると見てやりたくなるというのがエンマの本音である。久々にレオナたちと予定が合ったこともあり、今夜は皆で「ハーヴィー」に行こうという話になったのだ。もちろん、キリエとチカには知らせていない。

「あの二人にウェイトレスが務まるなんて思えません。……ザラ、本当にあの二人、まだ働かせてもらえていますの？　もう一週間以上も経つのでしょう？」

「それが、意外と続いてるのよね～」

ザラはそう言って笑うが、キリエがまともに接客しているところなど幼なじみのエンマにも想像できなかった。チカともなればなおさらだ。二人が客に喧嘩をふっかける姿なら容易に想像できるのだが。

「結構頑張ってるみたいよ。昨日なんて悪質な客を撃退していたもの」とザラ。

「それは……ウェイトレスというより用心棒ではありませんの？　それにしてもマダムもマダムです。あの二人ではなくてリリコさんを派遣して差し上げればよろしいのに。リリコさん、お店のマスターとお知り合いなのでしょう？」

「リリコも色々と別の仕事をこなしているみたいだ」とレオナ。

「案外、危険な橋を渡ったりしてるかもね～」

「はは、さすがにそれはないだろう」ザラの言葉に、レオナが笑う。

リリコについて話すレオナとザラを見て、エンマは一つ疑問に思う。

「そういえば……リリコさんて、何者なんですの？」

「それは興味深い」とケイトも手を上げる。

ジョニーズ・サルーン唯一のウェイトレスであるリリコは、エンマがコトブキ飛行隊に加入する前から働いている。淡々としてそっけない態度だが、気配りや料理の腕前に関しては超一流。さらに武道の心得もあるらしく、ジョニーと一緒に空賊たちを撃退したこともあった。飛行機にも乗れるとも聞くし、どんな過去なのか少し興味があった。

エンマの言葉に、レオナとザラは顔を見合わせる。

「そう、エンマたちにはまだちゃんと話してなかったわね。教えてあげる」

「ザラ……」

何か言いたげなレオナを遮るように、ザラが手を出す。

「リリコはね――」

と言いかけたところで、

「おおおお！」

前から大きな歓声が聞こえてきた。通りに面している店の前にちょっとした人だかりができて、中を覗き込んでいる。店には「ハーヴィー」という看板が掲げられていた。

「喧嘩かしら？」とザラ。

「あら、ステキ」

エンマは頬に手を当てた。予想通り喧嘩が始まっているようだ。

「……あいつら、まさかまた騒ぎを起こしているんじゃないだろうな」

レオナは眉間にしわを寄せ、早歩きで店へと向かった。ザラもその後をついていく。

エンマも同じく足を速めようとしたが立ち止まる。後ろから、ケイトがエンマの裾をつまんでいたからだ。

「ケイト？　どうしたんですの？」

ケイトは無言で自分の後ろを指さす。

「リリコが男といる」

「え？」

どういう意味だろうと思って後ろを見る。表通りから延びる路地、そこへ今まさに帽子を被った二人の男女が入っていこうとしていた。暗闇ではっきりとは見えなかったが、帽子の下に覗いた顔は確かにリリコだ。いつものウェイトレス姿ではなくラフな格好をしており、眼鏡をかけている。男は黒髪のおかっぱ頭で、ハカマを身に着けている。

服装、傍らの男、そして人気のない路地裏。

それらがエンマの脳内で結びつき一つの像を形作る。

すなわち――。

「もしかして……恋、ですの⁉」

心がはしゃぐエンマだが、ケイトは首を横に振った。

「ケイトが思うに、それよりも不純」

「不純……」エンマは思わず口を押さえる。「まさかもっとただれたスキャンダル――！」

まさかあのリリコが、とエンマは驚く。誰かと禁断の恋をするリリコなど、普段の仕事姿からは想像できない。しかしリリコは器量もいいし、そんな相手がいても不思議ではない。

だが、ケイトは再び首を横に振った。

「男の胸に注目すべき」

「胸？　胸が何ですの？」

「徽章がついていた。あれは自由博愛連合過激派のもの」

「……え？」

自由博愛連合過激派――その言葉を聞いた瞬間、エンマの熱がさっと冷める。

イケスカの市長イサオが率いていた自由博愛連合。彼はその組織を私的に利用して、穴を独占しようとした。ではイサオがいなくなった今、自由博愛連合が完全に解体されたかといえばそうではない。旧イサオ派とユーリア派の対立は続いているというのが現状だ。イサオ個人の目的は独裁だったわけだが、街と街を繋(つな)ぎ一大都市を形成するという理念そのものには支持者が多い。もっともイサオの失踪により、立場は随分と押されているようだが。

その自由博愛連合派閥の中でも危険視されている存在、それが過激派だった。自らをイサオの意思を継ぐ者などと標榜(ひょうぼう)し、空の駅や街の襲撃を行っている。空賊とほとんど変わらないごろつき共だ。その連中の特徴として、自由博愛連合の徽章を堂々と胸に付けていることが挙げられる。ましてやオウニ商会が拠点としているラハマで堂々と。

「……どうしてリリコさんが、自由博愛連合過激派の奴(やつ)らなんかと？」

一体どのような状況だろうと、エンマは訝(いぶか)しむ。

「可能性は大きく分けて二つ考えられる。一つはあの男がリリコを脅しているケース」

「……脅迫して、連行しているということですわね」

こくりと、ケイトが頷(うなず)く。エンマは「ハーヴィー」のほうを振り向いたが、もうレオナたちは店へと入ってしまったようだ。ここでリリコを追わなければ見失ってしまう。

エンマは、角に隠れて路地を覗き込む。民家の明かりがほのかに漏れている通りを、リリコと男が並んで歩いている。路地裏へと入ると、ケイトも一緒についてくる。

男が何かリリコに話しかけている。エンマは耳をそばだてた。

「……所はここから……分程度だ。できるかね？」

「大丈夫だから……受けた……」とリリコ。

「ふふん、そうか。頼もしいね……屋」

（——屋？）

なんと言ったのだろう。遠くて聞き取ることができなかった。ただ、男との間に険悪そうな雰囲気は漂っていない。脅されている感じではなさそうだ。

（……だったら、なぜ？）

歩くこと数分。リリコたちがやってきたのは街はずれにある貸し倉庫の前だ。男がシャッターを開けると、中には迷彩を施した一台の小型貨物自動車が後ろ向きで停められていた。男が、荷台の部分にかかっている幌(ほろ)を開いた。中にはぎっしりと、隙間なく木箱が敷き詰められている。男は一番手前に積まれていた箱の蓋を開け、リリコに中身を見せた。

「いいかい。丁重に扱ってくれたまえよ運び屋。これは重要な作戦なのだからね」

「分かってる」リリコは頷く。

「ふむ、それならよし。いやはや、しかしさすがは第二の人事部長と呼ばれる私カネスケ！こんな見事な作戦を思いついてしまう自分が恐ろしいですよ！」

エンマは眉間にしわを寄せる。

（運び屋？　運び屋って、そう言いましたの？）

車の扉を開け、男が助手席、リリコが運転席側へと座った。ブルルルル、とエンジンがかかる。リリコに運転させてどこかへ行くつもりらしい。

エンマは足に力をいれる。だが、それを見て後ろからケイトが忠告する。

「これ以上踏み込めば、見つかる危険性が高い」

もっともな指摘だが、エンマは首を横に振る。

「仮にあの男が本当に過激派だとしたら、ここで逃すわけにはいきません。目的をしっかりと見極めませんと。……ケイト、ここから先はわたくし一人で十分ですわ」

過激派の連中がラハマで暗躍しているのだとすれば、野放しにしておくわけにはいかない。再び大きな戦いが起こる可能性がある。だが、ケイトもまた首を横に振った。

「ついていく。エンマ一人では見つかる可能性が極めて高い」

「別にそんなことは……」

「空賊に対して怒りをあらわにしたエンマは、撃墜率とともに被弾率も著しく上昇する。これは数字が証明していること」

「……あなたにそう言われては言い返せませんわね」

エンマは深く息を吸い込んで、はっと吐き出した。陰から飛び出し、貨物自動車へと向かって一気に走った。幌を開けて中へと素早く飛び乗る。ケイトも続いて飛び込んできた。

その直後、車がバックを始めた。倉庫から出た車は、裏通りを進んでいく。潜入は無事に成功した。エンマは手近にある大きな箱の蓋を開ける。中に収まっていたのは——。

「……あら、ステキ」

〇・五クーリル以上の長さがある、黒光りする鋼鉄の銃。

「ホ一〇三――一式固定機関砲」とケイト。

隼や鍾馗など、多くの戦闘機に搭載されている機関砲だ。同じ大きさほどの箱が数個、それより大きな箱も何個か積まれている。そっちは大きさからして二式固定機関砲だろうか。つまりはこの貨物自動車、大量の武器が積み込まれているらしい。

「この量……連中、何をするつもりですの？」

さらに気にかかることがある。リリコはさっき、男から箱の中身を見せられていた。つまり武器を運んでいることを承知しているのだ。そして「運び屋」という呼び名。

「ケイト……あなた先ほど可能性は大きく分けて二つと言いましたね。一つはリリコさんが男に脅迫されているというケース。じゃあ、もう一つは？」

「リリコが自主的に男に協力しているケース。つまりは、非協力的か協力的かの二つ」

「……」

協力的――リリコが自ら武器を運ぼうとしている。彼女は帽子を目深に被り、眼鏡をかけていた。まるで知り合いに自分の姿を見られることを避け、変装しているかのように。

「エンマ、どうする？」

「このまま、ついていきますわ」

この大量の積み荷、恐らく敵はかなりの人数がいるはず。このまま追跡し、アジトの位置を特定することが急務だ。それにリリコのことも気にかかる。なぜ彼女が運転手をしているのか。

彼女の真意は一体どこにあるのかも探らなければ。

　エンマは幌をわずかに開いて、外の様子を確認した。周囲にもはや民家はほとんどなく、小麦や大麦などの畑が広がっている。車は街の端にある農業地域までやってきたようだ。これ以上は進んでも何もないし、この近辺にアジトがあるのだろうか。

（こんなところに隠れ家とは予想外ですわね）

　と思っていたエンマだが、次の瞬間驚くことになる。

　貨物自動車は農業地域を越えて――道の舗装されていない荒野を走り出したのだ。

「⁉」

　ガガガガガガ、と。舗装されていない道を走り始め、貨物自動車全体が大きく振動する。初めは道を間違えたのかと思ったが、どんどんラハマを離れていく。

「何を考えているんですの？」

　空の駅を除けば、ラハマの半径三百キロクーリル圏内に街はないはずだ。遥か昔は陸路があったとはいうものの、ユーハングにより飛行機がもたらされてから空路が主流だ。水源が何か所かあったと聞いたこともあるが、今では涸れ果てているだろう。全く整備などされていない荒野は、岩だらけだ。こんな道を貨物自動車で行くのは自殺行為――いや、本当の自殺といってもいい。

「得心がいった」ケイトが頷く。

「何にですの？」

「貨物自動車のタイヤ。分厚いうえに空気が抜かれ、悪路用に調整されていた。恐らく初めから荒野を走ることを想定されていた」

「……！　一体どこへ行くつもりですの……？」

　荒野に聳え立つメサやビュートを迂回しながら、車は走り続ける。しばらくすると、振動が少し弱くなった。周囲には岩山が迫り、車は細い山道を走っていた。かつて近隣への移動に使われていた陸路があったのか、少しだけなだらかになっている。

　エンマとケイトが顔を出すと、ようやく目的地らしきものが見えてきた。

「これは……」

　眼前には大きな岩山が聳え立っている。雨や風による浸食で穴だらけだ。一番下の一際大きな穴は洞窟の入り口になっている。洞窟前に岩などはなく、綺麗に整地されていた。

「天然の要害……ですの？」

「天然にしては形状が不自然。恐らくかつての岩塩の採掘場跡を再利用している」

「ここまでの道が比較的整備されていたのはそのためね」

　車は減速していき、洞窟の手前で停まった。積み荷を降ろすとすれば、ここにとどまっているわけにはいかない。エンマとケイトはすぐさまに飛び降りて、少し離れた岩陰へと隠れた。

　洞窟の壁には石油ランプが取り付けられ、ほんのりと明るくなっている。奥を見てエンマは息を呑む。そこには十機以上の戦闘機が配備されていた。それも九七式などではなく、三式、四式、五式などだ。手前にある一機の疾風。その尾翼にエンマは気が付く。

「あのマーク……アナグマ団ですわね。神出鬼没の空賊だなんて言われていましたけれど、過激派と繋がっていたなんて。思いもよりませんでしたわ」

洞窟の奥から、男たちがぞろぞろと出てきた。髭や髪がぼさぼさで、アウトローめいた雰囲気を漂わせている。男たちは荷台から積み荷を降ろしていく。

リリコは車から降りてその様子を眺めていた。男の一人がリリコに近寄り、封筒を手渡した。リリコは中を覗くと、満足そうに頷く。

「運び屋って……そういうことですの？」

「リリコは自ら武器を空賊に運び、見返りとして金を受け取っている？」

「ええ。考えたくはなかったですけれど……」

最悪の事態だ。あのリリコが裏でこんなことを行っていたとは。

（……いえ、でも）

果たして本当にそうだろうか、とエンマは訝しむ。ジョニーズ・サルーンで自分たちに料理を提供してくれたリリコの姿が、頭に思い浮かんできた。リリコは謎めいており、普段の態度もそっけない。それでも羽衣丸で長年過ごしてきた仲間だ。エンマは彼女の過去を何も知らない。何かのっぴきならない事情があるのではないか――。

男たちが積み荷を洞窟へと運んでいく。

そんな中、洞窟から一人の男が外へと出てきた。白と黒が入り交じったユーハングの服、モンツキハカマを身に着けている。その姿は他の男たちと比べ一段と風格があるように見えた。

右手だけを外へ、左手は懐の中に入れている。男は荷台の後ろへ回り、地面を見つめた。

そして――弾かれたようにエンマたちのほうを振り向いた。

「ネズミが紛れ込んだな」

男と視線が合う。

ばれた――地面に残った足跡に気づかれたのか。エンマとケイトは背を向けて一気に駆けだした。まずはここを離れなければ、そう思ったのだが。

バァン、と乾いた音が響く。エンマの前の地面が抉れた。

「……！」

振り向くと、その男が懐から拳銃を取り出していた。銃口からは硝煙が立ちのぼっている。わざと外された、ということをエンマは理解する。

「少しでも妙な真似したら、分かってるな」

「ボス、今の音は⁉」

銃声に反応して、男たちがわらわらと集まってきた。

「可愛い子ネズミどもだ。縛り上げろ」

二人は完全に周囲を包囲されてしまう。エンマとケイトは、両手を上へ上げた。

「くっ……。空賊の分際でこんな真似を……！」

エンマは悔しさのあまり、ギリギリと歯を食いしばる。空賊の向こうに目をやる。リリコはこちらに何の反応も示さず、いつものようにそっけない表情を浮かべていた。

「おい、運び屋。あいつらお前を見てるぞ」

「さぁ。記憶にないわね」リリコは淡々と返し、エンマたちから顔を逸らす。

（……リリコさん！）

「……まあいい。この後ネズミからたっぷりと話を聞いてやる」

ボスと呼ばれた男は、拳銃を指でくるくると回して懐へとしまう。空賊たちへ「連れていけ」と低い声で指示をする。連行される中、ケイトがすっと手を上げた。

「一つ、疑問。ネズミと言ったが、私たちはれっきとした人間」

「……それは比喩ですのよ、ケイト」


エンマとケイトが空賊たちに連れてこられたのは、洞窟の奥にある岩盤をくりぬいて作られた倉庫だ。天井からランプが吊るされ、室内をぼんやりと照らしている。壁際には古びたつるはしなどが雑多に置かれていた。

「ああもう、何なんですのこの縄は！」

二人の手には縄がかけられ、きつく縛られていた。エンマは両手を力いっぱい左右に広げようとしたが、縄は外れそうにない。

「空賊の分際でわたくしたちにこんなことをするなんて……！」

「おいガキども、静かにしてろ！」

扉の向こうで男が怒鳴った。外には空賊の下っ端らしい男が一人見張りについている。部屋の出入り口は扉一つだけで、脱出できるような穴はない。

「くっ……」

エンマは顔を顰め、ため息を吐いた。

「こんなところに閉じ込めて、どうするつもりですの……」

「アジトを見つけられた以上、私たちをただで帰す理由がない。拷問して情報を引き出す、あるいは交渉材料として使われるのが一般的」

「……ケイト、嫌なこと言わないでくださる？」

「拷問は生爪を剝がす、歯を抜くなどの方法が効果的で……」

「止めて！」

思わず耳を押さえようとするエンマだが、腕は縄で縛られていて動かない。

エンマはケイトと背中合わせに座り、もう何度目かもしれないため息を吐く。

「ケイト……ごめんなさい。わたくしがあなたの忠告を無視して、こんなところにやってきたから」

「エンマについていったのは私の意思。謝罪は不要だ」

「ケイト……」

「それより今は、ここを抜け出すほうが急務」

「……ええ。そうですわね」

頷いたものの、二人の力だけでここを抜け出すのは現実問題として厳しい。

とすれば、頼れるのはリリコの存在だけだが――。

エンマは、リリコが自分たちに対して無反応だったことを思い出す。ザラとレオナはリリコに関して何か言いたそうだった。もしかしてリリコは以前、空賊の仲間だったのではないか。そしてまた寝返っている。そんな嫌な想像が鎌首をもたげてしまう。

(そんなはずはありません。だって、リリコさんはずっと――)

だが先ほど、自分たちを無視したのは確かな事実だ。

そのとき、ドゴという鈍い音が扉の向こうから響いた。

「……？　なんの音ですの？」

続いて、扉がゆっくりと外へ開く。

そこに立っている人物を見て、エンマははっと息を呑む。右手にハンマー、左手にナイフを持つリリコだった。ぞっとするほど冷たい瞳で、縛られたエンマたちを見下ろしている。

「……！」

どうしてここに――と考える暇すら与えず、エンマにリリコが近寄る。左手に持ったナイフを、エンマ目がけて素早く振り下ろす。銀色の光が宙に弧を描き、刃(やいば)が風を切り裂く。

サッとなにかが切れる音がして、エンマに激痛が訪れ――は、しなかった。

「あれ……？」

エンマは固く閉じた目を開ける。と、そこには自由になった腕があった。エンマの腕を縛っていた縄が切られている。ケイトのほうも同じだ。

「リリコさん。これは……」

リリコは扉を指でさす。

「説明は後。出るよ」

それだけ言うと、リリコは外へと出て行った。突然の状況にエンマはまるで理解が追い付かないが、なんとか立ち上がって外へと出る。ケイトは部屋の隅で何か漁っていたが、すぐに後をついてきた。

見張りをしていた下っ端は、部屋の外でのびていた。額には大きなたんこぶができている。リリコのハンマーで殴られたようだ。

三人は岩塩の採掘場跡地である薄暗い通路を進んでいく。先頭のリリコは周囲を警戒しながら、足音も立てず機敏に歩いていく。

うねる通路をしばらく歩くと、先に光が見えてきた。戦闘機が置かれている洞窟の入り口だ。リリコはその手前、岩の陰で立ち止まった。唇に指を当て、後ろのエンマたちに「静かに」と警告する。入り口付近には十人近い空賊たちがいた。石油ランプの灯るなか、車座になって何か話し込んでいる。その向こうには乗ってきた貨物自動車が置かれている。ここを通り抜けなければ脱出はできないようだ。

（でも、敵は銃を所持している。一体どうすれば――）

「目を閉じて」とリリコが突然言った。

「え？」

「今から十秒後に開けて、貨物自動車まで駆け抜けるから」

「どういうことですの？」

「十」

返答せずにリリコは数字を数え始めた。

訳も分からないままエンマは目を閉じる。相変わらず、何が起こっているのかさっぱり分からない。

「七、六、五、四……」

ただ、一つだけ分かることがある。

「三、二、一……」

（リリコさんはわたくしたちを助けようとしてくれている……ということですわ）

「……ゼロ！」

エンマとケイトは目を開け、駆けだした。貨物自動車まで全力で。と、後ろからエンマの横を何かがひゅんと通り過ぎる。それは無数のナイフだった。様々な方向に、真っすぐ、時間差で飛んでいく。それらが壁に取り付けられた石油ランプに同時に達し、叩き割る。一瞬で、洞窟が闇に包まれた。

「なんだ⁉」

空賊たちが慌てて立ち上がる。その横をエンマとケイトは通り抜けていた。突然の闇に空賊たちは混乱しているようだが、目を閉じていたエンマたちはうっすらと道が見えている。

全速力で走るエンマたちを、リリコが軽々と追い抜いた。

（わたくしたちより後に走り出していましたのに……！）

先に貨物自動車へと到達したリリコが運転席へと乗り込んだ。エンマ、続いてケイトも飛び込んで扉を閉める。二人用の空間に三人乗り込んでぎゅうぎゅうの状態だ。

リリコはエンジンをかけ、貨物自動車を出発させた。

「ガキと運び屋だ！」

洞窟から空賊たちの叫び声が聞こえた。続いて何発かの銃声が響く。

「追え！　追うのです！　あいつらを行かせてはなりません！」

おかっぱ頭の男が大声で叫ぶ。

だが時すでに遅し、車はみるみると離れていった。


空には欠けた月、そして星々が浮かび上がっている。岩山の間をリリコの運転する貨物自動車が進んでいく。道は比較的整備されており、振動は少なかった。エンマは運転の邪魔にならないよう、ケイトと二人身を寄せあって助手席に座っていた。

「……あの、リリコさん。そろそろ質問してもよろしいですか？」

「なに？」リリコはハンドルを握ったまま答えた。

「今って一体……どういう状況ですの？　どうして、リリコさんはあいつらに協力を？　でもどうしてわたくしたちを助け出してくれたんですか？」

「最初に謝っておくね。あなたたちを巻き込んだこと」

「いえ……」

「そして私も、この状況に巻き込まれている」リリコが目を細める。

「……というと？」

「奴らは自由博愛連合の残党、過激派と呼ばれている奴ら」

「やはり！　……でも、アナグマ団の機体もありましたわ」

「だね。たぶんだけど協力関係にある。私はあいつらから運搬の業務を頼まれたってわけ」

リリコは淡々と、この状況に陥った経緯について語り始めた。


ジョニーズ・サルーンが休業中の間、リリコはラハマで様々な短期仕事に勤しんでいた。頼まれたことを端から引き受ける何でも屋的なことを行っていたという。その一つが運搬業務だった。リリコは四輪の運転経験があり、ラハマ内で荷物の運搬を行っていた。陸路がないこの世界で、四輪を運転できる人材は貴重だ。

そんな中、おかっぱ頭の男カネスケから運搬の依頼が届いた。それは四輪を使ってのラハマ外への輸出という珍しい、というよりも非常識な依頼。しかし男は報酬として破格の金銭を提示。怪しいと踏んだリリコは、探ろうと思い引き受けた。そして――。

「それが今回運んだやつだった。荷物は固定式機関砲、銃弾、戦闘機の換装パーツだったわけ。明らかに、正規の品じゃなかった。男が空賊の類だとは想像がついた」

「そういうことでしたの。でも、なぜわざわざ四輪なんかでの運搬を頼んだのでしょうか？」

先ほどの要害には戦闘機が置いてあり、洞窟前も整備されて滑走路として機能していた。わざわざ破格の金で運び屋なんかを雇うより、空路で運ぶほうが楽なはずだ。

「多分、ラハマの自警団の強化が理由でしょうね」とリリコ。

「自警団ですか？」

「エリート興業やイサオの事件以来、ラハマは警備を大幅に強化している。昔は形だけだった管制についても機能している。以前とはまるで別物」

「確かに……そうですわね」

「あのカネスケって男はそれをやたら気にしてた。よそ者である自分たちの荷物が、事前に自警団から厳重に調査されやしないかって」

「調査……ですの？」

「なるほど、理解した」とケイトが横から言う。「恐らく今回リリコが運んだ武器は、以前空賊によりラハマ内へと持ち込まれたもの。しかし警備強化後、空賊たちは自警団を過剰に警戒し、武器を外へ持ち出せなくなってしまった。そこで次善策として考案されたのが——」

「——陸路による武器の運搬、だったわけですのね」エンマは苦虫を嚙み潰したような顔をした。「それはいかにも自由博愛連合の過激派らしい考え方ですわ」

自警団の戦力が強化されているのは事実だが、それはその男の杞憂だろう。よそ者だからという理由で、特別に調査などされやしない。この空は自由であり、空を飛ぶのには誰の許可もいらないというのに。

「陸路での運搬は今じゃする人はいないからね」とリリコ。「自動車による街外への運搬なら絶対に調査されない。そもそも想定すらされないでしょうね。夜間に前照灯を消して、迷彩を施して街外へと出れば、監視に引っかかるようなこともない」

「……でも夜間に舗装されていない道を走るなんて、そんなことできる技量の人間はほとんどいない、いえ、無に等しいですわ。恐らく、空賊たちにも不可能。だから破格の金額でリリコさんが雇われたのですね？」

「そういうこと。奴らも私が荒野を運転できるかは半信半疑だったみたいだけどね」リリコは息を吐いた。「私としても、ここまでガッツリ関わる予定はなかった。空賊たちのアジトを突き止めた後で、武器を渡さずに戻ってくればいいくらいに思ってたんだけど――」

「……わたくしたちが乗り込んでいることに気づいてしまった」

「……」

リリコは頷かなかった。

仮にエンマたちがあのとき貨物自動車に飛び乗らなければ、ここまで事態は混迷していなかっただろう。リリコの言うように、空賊たちに武器を渡すことも防げたかもしれない。最初から、ちゃんとリリコのことを信頼していれば――。

「気にすることないわ。私が勝手にやった結果だし」

「……」

　一同を乗せた車輌は道を駆けていく。夜間なせいもあってか速度は遅く、恐らく二十キロクーリルも出ていないだろう。

　突然リリコが窓から顔を出し、後ろを眺めた。

「……おいでなすった」

「え？」

　エンマも窓の外へと顔を出した。振り返ると、背後には砂煙と多数の前照灯の光が見える。十、十二……計六台の車輌が後を追ってきていた。六つのタイヤがついている小型貨物自動車のような車輌だ。

「……なんですのアレは」

「九四式六輪自動貨車」ケイトが呟く。「恐らくユーハングの残したもの。人の運搬はもとより、対空砲の牽引などにも用いられた車輌である」

「採掘場の跡地に残っていたのを、奴らが整備して利用したわけ」とリリコ。

　闇の中に、大きな銃声が轟いた。貨物自動車の荷台に空賊が立ち、こちらへと銃を構えている。だが揺れている車上から狙いをつけるのは難しいのか、掠りもしない。

「……！　まずいですわ！」

「大丈夫」とリリコ。「奴らの運転じゃこの先の荒れ果てた地面を越えることはできない。この道の先、荒野に入れば引き離せる」

「でも向こうはかなりの速度が出てますわ。このままではそれまでに追いつかれます！」

接近されタイヤに銃弾でも当たれば――。

「エンマ、あなた四輪運転したことある？」突然、リリコが問いかけた。

「四輪ですか？　いえ、ありませんけれども……」

「飛行機よりは簡単よ」

「それは恐らくそうでしょうけれど。……なんですの、急に？」

「あなたなら大丈夫。任せた」

「……え？」

そう言い残すとリリコはエンマの服を摑み、運転席側へと無理に引っ張った。

「え？」

運転していたリリコ本人はというと、傍らにあった細長いバッグを抱える。そして窓から外へと飛び出した。言うまでもなく車は走行中のままだ。

「えええええええええ!?」

エンマは慌てて窓から顔を出す。この速度で地面に飛び降りたとしたら無事ではすまない。だが、地面にリリコの姿はなかった。ごと、と車輛の上から音がする。見上げるとリリコは運転席の上へと飛び乗っていた。そのまま幌へと移動する。

後ろからは何発もの銃声が響く。上に乗れば、生身で銃弾に晒されることになる。

「リリコさん!?」

一体なぜそんなことをしたのか――答えはすぐに分かった。

リリコが抱えていたバッグを開ける。中に入っていたのは茶色の小銃だった。

「そのまま走らせて！」とリリコが銃を構えて叫ぶ。

「走らせろと言われましても、どこがどうだか――」

運転は簡単だと言われてても、戦闘機とは勝手が違いすぎる。車はみるみると減速していく。空賊たちの乗る車輌がぐっと近づいてくるのが見えた。

「一番右のペダルが加速、中央が減速」とケイトが横から言う。

「右！」

エンマは右ペダルを踏み込んだ。アクセルペダルがスロットルレバーに相当するようだ。車輌が加速する。ぐんぐんと景色が後ろへ流れていく。一体何百キロ出ているのだろうと思い速度計に目をやるが、まだ三十キロクーリルも出ていない。

「……まったく、慣れませんわね！」

雲以外に何もない空の上では、それこそ何百キロクーリルと速度が出てもあまり速さを意識しない。しかし地上ではたとえ数十キロクーリルであっても背景が見る間に後ろへと流れていくので、速度の感覚がマヒしそうだ。

パァン、とすぐ近くから乾いた音。エンマが振り向くと、リリコが小銃を構えて後ろへと発砲していた。空賊の車は間近に迫っており、リリコと互いに撃ち合っている。一番近づいていた空賊の車がその場で大きく回転して動きが止まった。タイヤにでも当たり、パンクしたのだろうか。

「さすがにこの揺れだと当てるのは厳しいわね」とリリコ。

「十分に当てていると思うのですけれど！」

「エンマ、前方に注意」

　横からケイトに注意され前方に目をやる。左右に大きな岩山が迫っており、道が一気に狭くなっている。左へと曲がらなければ、岩山に激突してしまう。

「くっ！」

　エンマはハンドルを左へと大きく切った。車輌が急激に方向転換する。車窓から顔を出すが、リリコは当然のようにしっかりと掴まっていた。

　そのまま、細くなった道へと突入する。

　車上ではなおもリリコが発砲していたようだが——。

「エンマ、抜かれた！　来るよ！」とリリコの叫ぶ声。

「え？　……きゃ！」

　突然ドシンと車が揺れた。戦闘機でいう銃撃を受けたときのような感覚。

「何ですの……！」

　エンマの視界端に影が現れた。右後ろから一台の車輌が猛追してきている。すぐ間近、車同士が接触しそうな位置にまで迫っている。

　運転席にいる空賊の男が、エンマを見てにやりと笑う。男はハンドルを左へ回し、車体をぐっと寄せてきた。接触し、大きな振動。離れてはぶつかり、を繰り返してくる。

「こ、の……！」

エンマはペダルを踏み込むが、速度がこれ以上は上がらない。仕方なくハンドルを左へと回し、車から逃げようとする。だがそれを読んでいた相手はさらに大きく車体を寄せてきて、再度接触。衝撃でエンマは前のめりになり、ハンドルに額をぶつける。

「がははははは！　逃げられると思うなよ！」空賊の男が運転席で笑う。

「……！」

エンマはハンドルから額を上げる。彼女の目はぎらぎらと輝いていた。

「……どうしてわたくしが、空賊ごときから逃げなければなりませんの」

ハンドルを強く握る。空の上では、エンマは空賊を墜とす側だった。相手の癖を見抜き、狙った獲物は執拗に追い回す。隼の旋回性能を活かし、後ろへと回り込んで機銃を撃ち込む。それがどうして今、自分は逃げているのだろう。空でも地上でも、空賊は空賊だ。

「――叩き潰して差し上げますわ！」

エンマは先ほどとは逆にハンドルを右へと大きく切った。逃げるのではなく、こっちから積極的に車を寄せていく。ガシャァン、と大きな振動。油断していたのか、相手の空賊は口を開けて驚いている。車輌と車輌が大きくぶつかり、反動で離れる。衝撃の応酬。エンマは間髪容れず空賊の車へと寄せる。ギャリギャリギャリ――と。両者の車は大きくこすれて甲高い金属音を発した。エンマは攻めの手を緩めることなく、空賊の車を右へ右へと押していく。

押された空賊の車の真横には、大きな岩山が迫っていた。エンマは一度、左へとハンドルを切って車を離す。距離をあけ、特大の衝撃を作り出すために。もう一度右へと車を大きく寄せ、駄目押しの追突。空賊の車は勢いよく押され――エンマの車輌と岩山の間にサンドイッチされた。車体同士の接触面から火花が散る。

「食らいなさい！」

「ざまを見なさい！」

最後にもう一撃。エンマは車を離す。相手の速度はみるみる落ちていき、そして停まった。

笑みを浮かべていると――。

「エンマ、左」

「え？」

ケイトの言葉に驚いて反対を見やると、そちらからも一台の車輌が迫っていた。

「よくも仲間を！」と空賊が叫ぶ。

エンマの車に追突してきて、車輌が右へと押される。今度はエンマのすぐ横に荒々しい岩壁が迫っていた。さっきとは逆に自分たちがサンドイッチされてしまう。

「この……！」

左へと押し返そうとしたが、バランスが崩されていて難しい。リリコがその車を目がけて上から銃弾を撃っているが、装甲で全て跳ね返されている。

このままでは潰される――と思っていると、ケイトが懐から何かを取り出した。

「仕方ない」

液体がなみなみと入っている瓶だった。ケイトは手元のノートから紙を一枚引きちぎった。瓶の蓋を外してそこへ詰め込み、ライターで火をつけた。車窓を開け、すぐ間近に迫った空賊の車輌へと瓶を投げつける。開いていた窓から車輌へと入った瓶が割れ、ぼっと炎が勢いよく燃え上がった。

「うおおおおおおおお！」

空賊は叫び、車を停めて外へと飛び出た。車輌は見る間にごうごうと燃え盛り、全体が火に包まれて大きな炎の塊と化す。

「ケイト。あれは……」

「倉庫でくすねてきたユーハング酒。アレンへの手土産にしようかと思ったが……即席の火炎瓶として利用した」

「……ふふ、あの空賊は幸せ者ですね。きっと世界一高価な火炎瓶ですわ！」

「……？　ケイト的に疑問。車輌は燃え、私たちを逃し、幸せとはいいがたい状況と推測」

「ケイト、皮肉というものがありますの」

「……なるほど」

ケイトは手元のノートに、字を書き加えた。

エンマは後ろを見る。リリコの銃撃により何台かパンクさせられ、残っている車輌はあと一台だけだ。おかっぱ頭の男が助手席から顔を出し、大声で叫んでいる。

リリコは窓から足を入れ、再び車内へと戻ってきた。

「エンマ、代わる」

助手席へと戻るエンマの代わりに、リリコがハンドルを握る。岩山に囲まれた細い道を抜けると、眼前に広がるのは茫漠たる夜の荒野だ。大地は風により柔い箇所が浸食され、でこぼこになっている。普通の運転技術で走るのはまず不可能だ。だがリリコは隆起した岩を大回りで避けながら慎重に、時には大胆に飛び越えて進んでいく。

「こら、もっと速度を出しなさい！　あの運び屋を逃がしてはなりません！　このカネスケ様の威信にかけて絶対に捕ま――って、わあああああああ！」

しかし、後ろの空賊にそれはできなかったようだ。真っすぐにこちらを追おうとした車輛は隆起に引っかかり、大きな音を立てて横転した。車輛から転げ出たおかっぱ頭が銃を撃つが、届くはずもない。彼は地団太を踏んで悔しがっている。

エンマは顔を出す。背後に前照灯の光はなく、そこには一面の夜が広がっていた。

「……やった、やりましたわ！」

追ってきた六台の九四式自動貨車、全てを振り切った。

「エンマもケイトも助かった。サンキュ」とリリコ。

「いえ……。わたくしなど、何もできませんでした。それよりリリコさんのほうが。運転といい銃撃といい、そんな技能を有していたなんて」

「揺れる車上から銃を命中させるのは、かなりの腕前。……感服した」とケイト。

「別に大したことはしてないわ。実際、命中率も低かったし」

「あれで低いって……」

揺れる車輛の上から相手を銃撃することがどれほど難しいのか、素人のエンマでも分かる。

一切当てられない空賊に対し、リリコは何台もの車輛をパンクさせていた。

「……それにしても」緊張が解けたのか、エンマの身体（からだ）から一気に力が抜ける。「もう二度と車の運転をしたくはありませんわ」

やはり空と地上では全然勝手が違う。車体を通して身体に伝わる振動、風景の流れていく速度に対して遅い車輛、操作性、困惑することばかりだった。

「エンマの運転もなかなか上手（うま）かった」とケイト。

「……そんなことはないわ」

「処世術」

「……ケイト。あなたね」

とにかく、隼のエンジン音と振動が懐かしい。

ごおおおお、という飛行機のエンジン音が聞こえる。

「そう、この唸（うな）りのようなエンジン音が……」

——唸りのようなエンジン音？

はっとして、エンマは窓から身を乗り出す。

濃紺の夜空に浮かび上がっている欠けた月。その中に一つ小さな黒い影。左右の主翼の付け根に取りつけられている二つのエンジン。後部席から斜め下に伸びる機関砲。その機影はすさまじい速度でこちらへと向かってくる。

「——月光(げっこう)！」

かなりの低空を飛んでおり、けたたましいほどのエンジン音。

斜銃がこちらを向いている。

リリコがハンドルを回し、貨物自動車が左へ曲がる。

ババババババ、という爆音が二秒ほど響いた。車輌横の岩盤が大きな音を立てて弾け飛ぶ。

飛んだ石つぶてがあられとなって車輌に降り注いだ。

「きゃっ！」

機体は車輌を追い越していったが、垂直旋回に入り後方へと戻っていく。再びリリコたちの車輌に銃撃をし、今度こそ確実に潰すため——。

「連中……あんな機体まで有してるなんて……！」

連中が乗り込んでいるのは夜間戦闘機、月光。操縦士と射手に分けられている複座戦闘機だ。

先ほど貨物自動車を狙ってきたのは、射手の操る下向きの二十ミリ斜銃。高速で空を飛ぶ戦闘機が、地上をゆっくりと走る車を狙うのは難しいはずだ。だがこちらにはまるで対抗手段がない。一発でも機銃が当たれば、ひとたまりもないだろう。

「……やられたね」とリリコ。「もともと、車輌で捕まえられなくてもよかった。荒野に出てからは戦闘機を引っ張り出して私たちを始末しようとしてたわけ」

「そんな……！」

「エンマ、ケイト。しっかり摑まって」

「え？」

「飛ばす」

リリコは一気にアクセルを踏み込んだ。むき出しの荒野で、車が大きく跳ねた。

「……！」

エンマたちは座席を抱きかかえるようにしがみつく。喋れば舌を噛んでしまいそうだ。

再び、エンジンの爆音が近づいてきた。月光が後方から迫り、機銃で狙いを付けている。エンマがそれを知らせようとする前に、リリコがハンドルを右へと切った。

機銃の爆音。降り注ぐ二十ミリ弾の嵐。エンマのすぐ真横、今しがた自分たちがいた地面が弾け飛ぶ。リリコの判断があと一秒でも遅ければ撃ち抜かれていた。

続いて、リリコはすぐにハンドルを左へ。車が横転しそうなほど傾く。窓から顔を出していたエンマのすぐ前に乾いた地面が迫ってきた。顔の寸前でぴたりと地面が止まる。

ババババババ、と今度は右から大きな衝撃音。だがこれも、当たることはなかった。車が体勢を戻し、走り出す。蛇行に次ぐ蛇行を重ね、リリコは上空から迫る機銃の掃射をすんでのところで躱していく。

（こんな技術を持っているなんて、リリコさん本当に何者……⁉）

だがそのときはついに訪れた。

後部から大きな破砕音。大きな振動が走る。荷台の上部が撃ち抜かれたようだ。車を撃ち抜いた月光は、再び車の後方へ戻っていった。

またやり過ごせた——とエンマは胸をなでおろす。

しかしハンドルを握るリリコは険しい顔をしている。

「最悪。今ので右の後輪が破裂した」

「！」

そういえば心なしか車の振動が大きくなり、速度が落ちているような気もする。

「さっきみたいな蛇行はもう無理。ずっと掃射を躱し続けるつもりだったけど——厳しくなった。万事休すね」

周囲は見通しが良く、遮蔽物は一切ない。月光が近寄っていながらも機銃を避け続けられたのは、リリコの運転技術があったからだ。だが、さすがに車が壊れたとなれば——。

待ち受けているのは、二十ミリ弾の嵐。それを防ぐ方法などない。

何か対抗策は——とそこでエンマの脳裏にある考えがよぎる。

「リリコさん、わたくしに一つ提案があるのですけれど」

エンマの話を聞いて、リリコはわずかに目を見開く。

「……なに考えてるわけ？　そんなことすれば敵の的になるだけじゃん」

「わたくしたちが助かる方法は、それしかありません！」とエンマ。

「エンマに同意する。可能性は高い」とケイト。

「……」

リリコは二人の話を聞いて黙っていたが、やがて決心したのか行動に移った。

リリコたちの後方——月光の操縦士は苛ついていた。

「おい、あんな車一台に何をもたついてんだ。とっとと仕留めろ!」

操縦士の声に、後部席の射手が舌打ちする。

「うるせえ、ただでさえ的が小さいんだぞ。それにあの車、運転が異常に上手いんだ。こんなでこぼこの地面で器用に蛇行しやがって。おまけにこっちがどこを撃つか分かってるみたいに直前で躱しやがる! 化け物だぞ!」

「なんとしてでも仕留めなきゃまずいぞ!」

「分かってるよ! 大丈夫だ、後ろのタイヤは終わってる。さすがに次のは躱しようがねえ……あ、なんだあいつ?」

「どうした?」

「……今度は真っすぐに走り出しやがった!」

先ほどまでとは違い、車は蛇行を止めて直線で進み始めた。後ろのタイヤを破壊されて、左右へ曲がることが難しくなったのか。あるいは——諦めたのか。

「ははっ、マジじゃねえか。ようやく鬼ごっこは終わりか?」

「……みたいだな。弾数も少ねえ。終わらせてやる!」

射手は照準器を覗き込み、じっくりと貨物自動車に狙いを定めた。

そして――掃射。

ラハマまで全速力で向かう――それがエンマの出した指示だった。

蛇行なんてしなくていい。とにかく真っすぐ、一直線に全速力で。

車は隆起を避けもせず、大きく飛び跳ねながら進んでいった。

一刻も早くラハマへ、とエンマは祈る。

「見えましたわ！」

地平線の向こうに見えた景色に、思わずエンマは叫ぶ。

荒野の先にラハマの街が見えてきた。

だが――。

「間に合わない！」リリコが叫ぶ。

ラハマまでは恐らく二キロクーリルほど。今の時速は二十キロクーリル、時間にして最短でも六分はかかる距離だ。

後ろから襲い来る月光。

機銃がこちらを向く。

ババババババという激しい機銃音がした。

闇の中に曳光弾の赤い光がまたたく。

射手は、貨物自動車を完全に照準の中に収めていた。残りの弾全てを撃ち尽くす勢いでトリガーを引く。運び屋たちを絶対に仕留めた、と確信していた。

それにもかかわらず、弾は当たらない。照準は外れ、弾はあらぬ方向へと掃射されていく。地面が吹っ飛ぶ。射手の責任ではない。機体がいきなり垂直旋回を行ったのだ。

「おい、何やってんだ！」

射手が怒鳴った直後。

自分たちの横を一筋の光が通り抜けていく。曳光弾の軌跡だ。

「なぁ⁉」

発射されてきたのは連中が向かっているラハマからだ。顔を上げると向こうから、一機の機体が向かってくる。もの凄（すご）い速度で距離を詰めてくるずんぐりとしたその機体は――。

「雷電……！」

「分が悪い！　引き上げだ！」と操縦士が怒鳴る。

旋回を行い、その頂上部で機体を一八〇度水平方向に回転させる。スロットルレバーを開き、月光はその場から離脱していった。

局地戦闘機の雷電は速度や上昇力、火力が優れており、襲来した爆撃機などに対して素早く出撃できる。ラハマの守り神などと呼ばれていながら長らく置物同然だったが、今はその真価を発揮していた。

搭乗者のトキワギは、逃げていく敵を見てガッツポーズをした。

「やった、やったぜ！　敵が逃げてく！　はは、俺の弾に恐れおののいたってか！」

『トキワギィ！』

無線から団長の声が飛んでくる。褒める、といった口調ではない。遥か後方から、団長たちの乗った九七式の機体が飛んできた。

「え？　なんだ？　団長、どうして怒ってるんだ？」

『今日の昼間も言ったはずだ。あんな遠巻きに掃射しても敵に当たるはずもない！　敵を照準に入れるまで撃つんじゃない。弾だってタダじゃないんだぞ！』

「……うう、分かったよ」


リリコは荒野に車を停めた。夜空を見上げると、月光が引き上げていく。上空にはトキワギの乗る雷電、そして遅れて二機の九七式が飛んできた。

「これがあなたの作戦だったわけ？」

「ええ」とエンマは頷く。

ラハマは対空賊の警備に力を入れている。そもそも空賊たちがリリコに依頼したのだってそれが理由だったのだ。車からラハマが見えるよりずっと前に、ラハマ側の管制塔からは月光の機影はもう見えていたはず。管制への連絡もなく、しかも機銃を撃っているのだから、戦闘機を緊急発進させるはずだと読んでいた。

ふぅ、とリリコは息を吐く。

「私には無理な作戦。……エンマ、自警団を信じてたんだ」

「ええ、信じることにしましたの。だって雷電はラハマの守り神ですもの」

隣でケイトが首を傾げた。

「エンマ……その評は皮肉？　あるいは処世術？」

「さぁ、どっちでしょうね」とエンマは微笑(ほほえ)んで答えた。


その翌日の夜――エンマ、ケイト、ザラ、レオナの四人は酒場に集まっていた。テーブルには酒や料理がどどんと並べられている。

エンマから報告を受けたレオナは、険しい表情をして腕を組んでいる。

「それで、空賊の拠点はもぬけの殻だったんだな？」とレオナ。

「はい」エンマは頷く。

午前中、エンマたちは隼に乗って空賊の拠点周囲を偵察してきた。だが、そこには既に戦闘機の影も形もなかった。廃車となった九四式自動貨車が何台か残されていただけだ。

「自由博愛連合の過激派にアナグマ団か……。恐らく複数の拠点を移動しているな。それだけの機体を有しているとなると、何か大きなことを画策しているかもしれない」

「ええ、そうですね。警戒が必要ですわ」とエンマは頷く。

「注文おねが～い」とザラが手を上げる。

一人のウェイトレスが駆け寄ってきた。気恥ずかしそうにスカートを押さえている。

「ご注文のほうは……」キリエがもじもじと赤面しながら言う。

「キリエ……あなたもう一週間以上働いているんだし、いい加減に慣れたらどうですの？　チカなんて平然としてますわよ？」エンマはやや呆れた表情で言う。

ちなみにチカはというと、ウェイトレス姿のまま店の中央で子供相手に飛行機投げのかけ方を教えていた。一昨日、悪質な客を飛行機投げで撃退して以来、人気が出てしまったようだ。昨日の騒ぎも喧嘩ではなく、この指導を見ての盛り上がりだったらしい。

「別に私だって普通のお客さん相手にはできるよ！」とキリエが抗議する。「ただ、知り合いだと気恥ずかしくて。……あれほど来ないでって言ったのに」

「キリエ」

そう後ろから声をかけたのは、ウェイトレス姿のリリコだ。今日一日だけ、リリコも同じく「ハーヴィー」で働くことになっていた。主にキリエとチカの指導役として。

なんでもマスターのハーヴィーとリリコは昔、一緒に働いたことがあるらしい。マスターはその際、リリコから色々なことを教わったそうだ。この店の制服がリリコと同じなのも、マスターがリリコに憧れていたからだという。

「恥ずかしがってると余計恥ずかしくなるわ。堂々としていればいいのよ」

「……うう」

キリエは口をへの字に曲げて、注文を受けた。エンマは紅茶をもう一杯頼む。

「それよりもザラ」リリコとキリエが離れていくのを確認して、エンマは話を切り出した。

「続きを話していただけませんか?」

「続きって、何の?」ザラが首を傾げる。

「昨日、話を聞けず終いでしたから。結局、リリコさんって何者なんですの?」

「ケイトも興味深い」

今回の事件では、至る所でリリコの凄さを思い知らされた。空賊アジトからの脱出、その後の運転技術、さらには銃による狙撃。リリコはそれら全てを高いレベルでこなしていた。一体彼女が何者なのか——という疑念はさらに強まっていた。

「そうね、教えてあげましょうか。リリコはね——」

エンマとケイトは二人、ザラの言葉を注意して聞く。いよいよ、謎に満ちた彼女の正体が明かされるのだ。と思っていたのだがザラの口から出たのは——。

「リリコはね、ジョニーズ・サルーンのウェイトレスよ」

「……え?」ぽかんと、エンマは口を開ける。「ザラ、そんなことは分かっていますわ」

「そう?　ならそれで十分じゃない?」

「いえ、そういうことではなくわたくしが気になっているのは——」

「お待たせしましたー」

紅茶を持ったキリエがやってきた。エンマの前へと置こうとするが、ガチャガチャと音が立ってソーサーに紅茶が零れてしまう。

「違う、キリエ。見てて」

キリエの後ろにいたリリコが口を出す。キリエから代わりに紅茶を受け取る。

「お待たせしました」

リリコが湯気の立つ紅茶をエンマの前へすっと差し出す。

「ごゆっくり。……もっと落ち着いて出すこと」

「はーい……」

リリコはいつものように淡々と言うと、カウンターへと戻っていく。

「……」

エンマが気になっているのは、謎に包まれたリリコが以前は何をしていたのかということだ。あんな技術を持ったただのウェイトレスいるはずがない。

そのはずなのに——やはり見慣れたリリコのウェイトレス姿はとてもしっくりくる。

馥郁（ふくいく）たる紅茶の香りが漂う。エンマはカップの取っ手を摑んだ。

リリコはジョニーズ・サルーンのウェイトレス。そんな分かりきった回答で納得できるはずがない。そのはずなのに、なぜか今はそれでいいかもしれない——と思ってしまうのだった。

瑠璃色の鳥

THE MAGNIFICENT
KOTOBUKI

天井からぶら下がる照明は店内に温かい光を投げかけていた。家族連れの客たちが楽しそうに歓談しているなか、店の端にあるテーブル席に二人の男が腰かけていた。木樽のジョッキに注がれた酒を飲みながら、二人はテーブルにトランプを広げている。

「なんだかなぁ」

ナサリン飛行隊の一人アドルフォは、手元に配られた札を見てため息を吐く。二枚を裏向きのまま場に捨て、その分を山札から補充した。二人がしているのは手札を一度だけ交換し、互いの役を競わせる遊びだ。大富豪と比べると古風かつマイナーで、今ではあまり流行っていないものだ。

「星を増やせるかと思ったらな〜んにもなし。期待外れもいいとこだ。……おっ」

引いた札を見て、アドルフォはにやりと笑う。

対面に座っているのは同じくナサリン飛行隊の隊長、神父のような服装をした男フェルナンドだ。彼は手札を見ると、黙って場に伏せた。

「交換はなしだ。このままでいい」

「おっ、諦めたか?」

アドルフォはテーブルに積んである硬貨をがばっと摑んで、前へ出す。フェルナンドも同じ量の硬貨を場に出した。

「いいぜ、それじゃあ——勝負」

アドルフォとフェルナンドは、同時に手札を晒した。自信ありげに出したアドルフォの役は連番のカード五枚だ。一方フェルナンドの手札には同じ数字三枚の組と、同じ数字二枚の組。

「げえ！」とアドルフォの悲鳴が響く。

「俺の勝ちだな」

フェルナンドが硬貨を手元に引き寄せた。フェルナンド側には山になった硬貨。一方のアドルフォは数枚を残すばかりとなった。

アドルフォは大きく舌打ちをし、天を仰いだ。

「まったくこの世は理不尽だ！　神様のご加護がある奴には敵わないってことか？」

「……神は関係ない。俺の祈りが、通じたことが何回あったと思う」

「はっ、そうだな。神様なんぞ何の役にも立ちはしない。いるんだったらロドリゲスは今頃、俺の隣で『罰当たり共が』と悪態をついてるだろうよ」

「違いない」

「ロドリゲスの奴……元気にやってんのかな」

フェルナンド内海とアドルフォ山田の二人は、ナサリン飛行隊のメンバーだ。ちょっと前まではお調子者のミゲル、悪たれのイスマエル、そして寡黙で信心深いロドリゲスを含めての五人チームだった。だが撃墜と脱退により、現在のメンバーは二人だけだ。しかしこのままでは終わらない、とフェルナンドは静かに心を滾らせていた。いつの日か必ず、ナサリン飛行隊を再建してみせると。

「まったく、この世は地獄も同じだぜ」アドルフォはジョッキを取り、ビールを胃へと流し込む。「俺に優しい女なんざ、どこにもいやしないんだからよ」

「……優しいかどうかはともかく、女ならいるな」

「女、ねぇ……」

アドルフォが呟いた直後だ。テーブルにウェイトレスが近づいてきた。

「ねぇ。これ、食べ終わったなら下げちゃうよ」

露出度の高いウェイトレスの制服に身を包んだキリエだ。彼女は空になった皿を重ねていく。

先日、可愛いウェイトレスがいると聞いてやってきたのだが、いたのはウェイトレスに扮したキリエとチカだった。元々ここで働いていたウェイトレスは休職中で、キリエたちが補充されたそうだ。一昨日はリリコも手伝いにやってきたという噂を聞いて再び駆けつけてみたが――やはり例の二人だけだ。リリコはもう別の仕事場へと行ってしまったらしい。

「二人ともさ、遊んでばっかじゃなくてもっと何か注文してよ」

「注文か……」

アドルフォはメニューを眺める。まだ頼んでいない品といえば、パンケーキなどの甘味やファミリー層向けの軽食といったものばかり。味はいいのだろうが、男二人にはちょっと物足りない。

「キリエ！　おっさんたちと話してないでこっち手伝えー！」

「分かってるってば！」

　チカに呼ばれたキリエが駆けていく。

　アドルフォたちは働いているキリエとチカの姿を見つめた。二人とも注文を間違えたり、皿を落としたりとミスは多いものの、忙（せわ）しなく店内を動き回っている。リリコと同じ制服なのに、そこにはまるで色気がない。

「ほんと、隊長さんたちのウェイトレス姿だったら大歓迎だったんだがなぁ……」


　店を出た二人は通りをぶらぶらと歩く。まだ夜は早く、通りは賑（にぎ）わいを見せていた。

「駄目だ、飲み足りないな。もう一軒だけ寄ってこうぜ」

「さっきしこたま飲んだだろう」

「あれだけの量で満足できるかよ。可愛い姉ちゃんが注いでくれたならともかくよ」

　いじけたように言うアドルフォを見て、フェルナンドは息を吐く。

（……相当、不満が溜（た）まっているようだな）


　アドルフォにはナオミという女がいる。気分次第でありとあらゆる仕事を引き受ける凄腕（すごうで）の飛行機乗りだ。彼女に一目惚（ひとめぼ）れしたアドルフォはイサオたちとの戦いの最中（さなか）、交際を申し込んだ。なんとナオミはそれを承諾し、アドルフォはナオミと新婚旅行の聖地、アタザキ行きの約束を取り付けた。まさにこの世の春を迎えたアドルフォだったが、物事はそう上手くはいかないようで――。

「ここにするか」

アドルフォは一軒の店の前で立ち止まった。裏路地にある小さな酒場だ。ドアの奥には薄暗い光が広がっており、中はがらがらに空いている。

アドルフォがスウィングドアを押して中に入ると、酒臭さが漂ってきた。床には埃などを除去するための湿ったおがくずが広がっている。店の端には真鍮製の痰壺が置かれ、壁にはお尋ね者の手配書。「ハーヴィー」とは違いどこにでもあるような薄汚れた酒場だ。

「……俺たちのような人間は、こっちのほうが安心感を覚えるな」とフェルナンド。

「だな。ま、カワイ子ちゃんには期待できそうもねえけどよ」

などと言って笑うアドルフォの前に、一人のウェイトレスがやってきて、「いらっしゃいませ」と頭を下げる。二人だ――と言いかけた途中でアドルフォの動きが固まる。

「アドルフォ?」

後ろからフェルナンドが声をかけるも反応はない。

アドルフォの視線は真っすぐ、目の前のウェイトレスに注がれている。

ウェーブのかかった赤茶色の髪をした女だ。前髪の左側をのばし、片目を隠している。歳は二十歳を少し過ぎたほどだろうか。どこか気弱そうな印象を受けるが、美人だった。

テーブルへと案内されてすぐ、アドルフォが言う。

「たまげたぜ。随分とカワイ子ちゃんがいるじゃないの」

　声はにやけ、陽気に鼻歌を歌っている。アドルフォは髪を撫（な）でつけて整えた。

「おいアドルフォ。お前……」

　フェルナンドの発言の途中で、ウェイトレスがテーブルへとやってきた。

「……こちら、メニューになります」

「ありがとう」眉尻を上げ、きりっとした表情で言うアドルフォ。「なぁ、お嬢さん。この店の閉店時間はいつだい？」

「……閉店時間ですか？　当店の夜の部は二時までになりますが」

「その後、君の予定は空いてるかな？」

「……え？」

　驚くウェイトレスを前に、アドルフォは立ち上がる。

（――案の定か）とフェルナンドは嘆息する。

「紹介が遅れたな。俺の名はアドルフォ山田。ナサリンっていう飛行隊のメンバーさ。キャリアは六年。星は十六と七分の六。愛機は紫電（しでん）。得意技は電光石火の先制攻撃と目くらまし！どうだい、店が閉まったあとで俺と二人でゆっくり話でもしないか？」

　ウインクを送るアドルフォ。会心の出来だったのか本人は満足げな笑みを浮かべている。

　だが、ウェイトレスは困惑しているようだった。

「……申し訳ありません。注文が決まりましたら、お呼びください」

彼女は、深々と頭を下げた。そのままくるりと背を翻し、カウンターへ戻っていく。

「あり？」

渾身（こんしん）のアピールは、完全にスルーされたようだ。残されたアドルフォはしばらく茫然（ぼうぜん）と立ち尽くしていたが、息を吐いてどさりと椅子に腰かけた。

「つれねーなぁ。リリコちゃんみたいにもともとそっけない態度ならともかく、あんな子にあしらわれると傷つくぜ」

「ナオミがいるのにまた新しい女に手を出すのか、お前は」

「……ぐっ」

「こんなことばかりしているから、愛想を尽かされるんじゃないのか」

フェルナンドの言葉に、アドルフォは胸を押さえる。

「別に愛想を尽かされてるわけじゃねーからな！　それに俺は本気であの子に手を出そうとしてるわけじゃないぞ！　たまたま店に入ったら可愛い子がいたから声かけただけの話だ。これはリップサービスだ」

「随分と気合いの入ったリップサービスがあったものだ」

「だいたいよぉ。ナオミの奴もなんだってんだ。アタザキに行ったあとも、相変わらず仕事で飛び回り。俺の紫電が被弾して修理中の時も、待たずに飛んでいっちまうしよぉ。んで結局、こっちは二人でまたぞろ用心棒の仕事だ。星も増えやしねえしな！」

未練がましい口調で言うアドルフォ。アドルフォはナオミを口説くことに成功したが、その後の様子はどうも芳しくない。ナオミに対してばかり文句を言っているが、フェルナンドとしては女好きが高じている彼にも問題があるのではと思わずにはいられなかった。

「……おーい、注文、頼めるか？」

アドルフォがウェイトレスを呼び寄せた。メニューから適当に酒とつまみを注文する。

「ご注文のほう、以上でよろしいでしょうか……」

「いや、まだ一つだけ残ってるぜ」

「……？　はい、どれを注文なさいますか？」

アドルフォは片目をぱちっと閉じ、ウインクを送る。

「君だよ。最後に君を注文していいかな？」

「……え？」

「どうだい。その髪を上げて、綺麗な瞳を俺に見せようって気は――」

「……ご注文承りました。失礼します」

ウェイトレスは頭を下げた。そそくさとテーブルを離れていく。

アドルフォは顔を顰めた。

「……見事なまでに流されたな」

「くそっ。やっぱこの世は地獄も同然じゃないか！」

机に突っ伏したアドルフォは、「可愛いのになぁ」などぶつぶつ呟いている。

フェルナンドはカウンターへと戻ったウェイトレスを眺めた。確かにアドルフォの言うように、顔立ちは端整で可愛らしい。身長は高くすらっとしていてスタイルもよい。

だがフェルナンドには入店したときから、気にかかっていることがあった。それは彼女の纏う雰囲気だ。フェルナンドは飛行機乗りになる以前、同じ種の人間に何度も会ってきた。暗い過去があり、何かに怯えて生きている――そんな人間たち。彼女もまた、そんな人間に思えて仕方なかった。


つれなくされたアドルフォだが彼女のことがよほど気に入ったのか、それ以降も店には通い詰めるようになっていた。ウェイトレスの名はライラといった。

「なぁ、ライラちゃん。今日はどうだい？」

「……申し訳ありません。閉店後も片付けや仕込みが」

「美味しい店を知ってるんだよ。休みの日にでも……」

「……いえ、小食なので」

「つい油断から空賊を逃しちまってな。慰めてくれないか？　どこかお店に……」

「……お気の毒様です」

だが毎度、アドルフォの誘いの言葉はことごとく流された。

初めて店に入ってから数日が経った。その日は昼間から、二人はテーブル席でトランプに興じていた。

「ったく、脈ねーのかなぁ」

アドルフォは札を三枚捨て、山札から補充する。

「諦めたほうがいい」フェルナンドは一枚だけ捨て、補充した。

「別にやましい気持ちなんてないんだぜ？　ちょっと食事に行ってお喋りしてよぉ」

「随分とこだわるな。そんなに気に入ったのか」

「気に入ったのは当然そうだが……なんつーか、ほっとけないんだよ」

「ほっとけない？」フェルナンドは片眉を吊り上げた。

「ああ。っよし、勝負」

互いに手札を場に出す。勝利したのは珍しくアドルフォだった。アドルフォは硬貨を引き寄せるが、難しい顔をしている。

「お前さ。この店に入ってからあの子の笑顔を見たかよ？」

「……」

フェルナンドはカウンターを見つめた。ライラはどんよりとした眼で皿を洗っている。初めて会ったときと同じく、辛気臭さを漂わせている。

「ないな」

「だろ？　なんか俺は、あいつのその顔がどうも気にかかってよ。誰だって美人が悲しそうにしてるのは見たくねえよな」

「何か抱え込んでいるんだろう。そういう人間はごまんと見てきた」

「戦闘機乗りになる前か」

「家族を失った者、故郷をなくした者、傷を負った者――皆が影を背負い込んでいた」

「聞き届けて、楽にしてやるとかはできないのか？」

「……かつての俺なら聞き届けてやることぐらいはできたかもしれない。だが、今の俺はもうただの血に塗（まみ）れた一人の飛行機乗りだ」

「はっ、相変わらず難儀な性格してやがるぜあんた」

しばらくしてテーブルにライラがやってきた。空になった皿を重ね始める。

「よ、追加で注文いいかい？」

アドルフォが尋ねると、

「っ！」

ライラは突然声をかけられたことに驚いたのか、手元の皿を床へと落としてしまった。

「おい、大丈夫か？」

「大丈夫です！　申し訳ございません」

彼女は焦った様子で皿を拾おうとする。

アドルフォも手伝おうと立ち上がり、散らばった皿に手を伸ばす。

そのとき――アドルフォは見た。顔にかかっていた前髪が下へとさがり、隠れていた肌が露出する。真っ白な頬に、大きな赤い傷跡が見えた。

「はっ！」ライラが慌てたように自分の頬を押さえる。「……！　見苦しくて、すみません。すみませんすみません！」

「いや――」

ライラは何度も謝罪すると、アドルフォが声をかける間もなくカウンターへと駆けていく。マスターから休憩に入ってもよいと指示でも出されたのか、ライラは逃げるように引っ込んでしまった。

「……今のは」

すぐに、ライラと入れ替わるようにマスター自らテーブルへやってきた。顎髭(あごひげ)を生やした中年の男だ。床に落ちたままだった皿を手際よく拾いながら、申し訳なさそうな表情でアドルフォを見上げる。

「大変失礼いたしました。ライラは、少々気弱なところがありまして……」

「……いや。俺が驚かせちまったみたいだしな。気にしてねえって伝えといてくれ」

「そう言っていただけると……。いつも御贔屓(ごひいき)にしていただいて、ありがとうございます」

「酒も料理も美味(うま)いからな。それにウェイトレスが美人だ」

あえてライラの容姿に触れると、マスターは返答に困ったように曖昧な笑みを浮かべた。アドルフォは目つきを鋭くして続ける。

「さっき見えたよ、彼女の髪の下。あの傷はなんだ？」

その一言に、マスターの表情が固まる。

「……以前、事故で傷つけてしまったみたいで」

「どういう経緯(いきさつ)なら、刃物によって顔を切られるなんて事故が起こるんだ？」

「……！」

「あの傷痕は明らかに裂傷、ナイフか何かでつけられたものだろ。何があった？」

マスターは俯きながら、小さな声で答えた。

「……色々あるんです。言ったところで、アンタにどうにかできるもんでもない」

ばぁん、と大きな音。アドルフォは手を机に叩き付けた。

「色々ってのはなんだよ！　そのせいであの子はいつも暗い顔してんじゃねえのか？　あの怯え方、まだ終わってねえんだろ？　言えよ、一体どんな経緯で――」

「アドルフォ」重々しいフェルナンドの声が響く。

「……何だよ」

「何も知らない俺たちが口を挟めることではない。深入りしすぎだ。少し落ち着け」

「……っ。でもよ」

「それに、彼女がお前に踏み込まれるのをよしとするかだ」

「くそっ」

アドルフォは椅子に座り直した。しばらく顰め面をしていたが、やがて目の前のマスターに頭を下げる。

「悪い。興奮しちまった」

「いえ」

マスターは首を横に振ると、皿を運んでいった。

　その後は何かを頼む気分にもならず、二人はそのまま店を出た。空には層雲が立ち込めており、ラハマの街に影を投げかけている。アドルフォはなおも渋面を作り、何か考え込んでいるようだった。

「さっきは、悪かったな」

「……いや」フェルナンドは首を横へ振る。

「ただ悪かったとは思ってるが、俺は納得はしてねえからな。女の顔を傷つけるなんてあっちゃならねえ。原因があるなら取り除いてやりてえよ」

　そのとき、横からざっと音がした。

「ふぅん。おじさんたち、この店のウェイトレスのことが気になってるの？」

　入り口前のデッキに少年が立っていた。ぼろきれのような服を纏っている。

「ま、あんなことがあったらねぇ」

「ガキ。何か知ってるのか？」

　アドルフォが詰め寄ると、少年はわざとらしく首を傾げた。

「知ってるような、知らないような。もうちょっとで思い出せそうなんだけど」

「……ちっ」

　アドルフォは硬貨を一枚取り出し、少年へと弾いてみせる。少年は軽くキャッチすると、くすんだ歯を見せて笑った。

「へへ、サンキュ。ライラのことだろ？　ついこないだだよ。なんでも客に迫られたらしくてね。抵抗したけど、それが向こうの気に障ったみたいだ。その客、ポケットからナイフ取り出して、顔を切りつけてきたらしいんだよ。ちなみになんだけど……」

「なんだけど？」

「ちょっと、思い出せないいな。ここまで出かかってるんだけど……？」

わざとらしく頭を叩く少年。アドルフォはもう一枚硬貨を取り出して少年に投げた。

「そう、思い出した！　その客なんだけど有名な飛行隊らしくてね。ホマレ飛行隊とか言ったかな。大したおとがめも受けず、少しの賠償金を払って解決したらしいよ」

「少しの賠償金だぁ？　女の顔を傷つけておいてか？」

「マスターも抵抗したみたいだけどね。強くは言えなかったみたいだよ」

――アンタにどうにかできるもんでもない。

先ほど言われた言葉をアドルフォは思い出す。

「それで、そのナイフを持った男なんだけど――ん」

少年がアドルフォの後ろを見て、片眉を上げる。

アドルフォが振り向くと、店先に男たちがやってきていた。アウトローめいた雰囲気を漂わせている五人組だ。邪魔にならないようアドルフォは入り口近くから離れようとしたが――。

「どけ」

先頭の顎髭が、アドルフォをわざわざ突き飛ばす。後ろの大男、他の三人がにまにまと笑い店へと入っていった。

「……態度が悪い奴らだな」ライラがあんな客の相手をするのかと思うと胸がざわついたが、先ほどフェルナンドに言われた言葉も同時に頭をよぎる。アドルフォは小さく頭を振って、少年に話の続きを急かした。「んで、そのナイフを持った男がなんだよ」

　少年は首を傾げる。

「んん、もうちょっとで思い出せそうな――」

「お前なぁ、ちょっとがめついいんじゃねえか⁉」

「嫌なら別にいいんだけど」

「くっそ」

　アドルフォはさらに一枚、硬貨を投げる。

「へへ。そう、その男なんだけど」少年は店内を指さす。「あいつさ」

「……は？　あいつ？」

「店へ入っていった五人組。その先頭の顎髭。そいつがライラを傷つけた張本人だよ」

　アドルフォが店内を覗くと、男たち五人はテーブルに着いていた。ライラの姿はなく、マスター自らが接客にあたっている。顎髭の男は頬杖を突き、にまにまと笑みを浮かべていた。

「いないってことはねーだろうが。最近になって復帰したって噂を聞いたぜ」

「申し訳ありません。ちょっと本日は体調が悪いようでして……」

「それじゃあ明日も明後日も来てやるよ。そうすりゃいつか出てくんだろ？」

ぎゃははは、と取り巻きの男たちが笑い声を上げた。マスターは困惑しているようだが、注文を受けてすごすごと下がっていく。

男たちはトランプを机に広げ、賭けを始めた。手札を山札と交換し、役の強さを競いあうマイナーな遊びだ。

へへ、と少年がアドルフォの横で鼻をこする。

「何でもあの顎髭たち、用心棒としても優秀らしい。この店も毎月お金を納めてるらしいよ。だから店としても、強くは出られないんだってさ」

「……そうか」

アドルフォは目を閉じ、ふぅっと息を吐く。スウィングドアを押して中へと入り——男たちが着いているテーブルへずかずかと歩み寄っていく。

「おい、アドルフォ」

フェルナンドの忠告も聞きいれない。

アドルフォはテーブルの空いていた席にどさりと腰かけた。顎髭の男の対面席だ。

「なんだ、お前？」五人が一斉に睨みつける。

アドルフォはおちゃらけたように、肩口で手を広げた。

「いやぁ、ちょっと資金に困っててな。ぜひ俺もその賭けに交ぜてくれないかな——って思ってよぉ」

アドルフォはポケットに手を突っ込み、机の上で開いた。じゃらじゃらと、手のひらから大量の硬貨が降り注ぐ。男たちは顔を見合わせた。

「構わないぜ」と顎髭が口角を上げる。

「ありがてえ」

フェルナンドはアドルフォの肩に手をかける。

「おいアドルフォ。何のつもりだ」

だが――。

「うるせえ、俺には金が必要なんだ。引っ込んでろ！」

などと言って、腕を振り回してきた。

フェルナンドは困惑した。当然、アドルフォが演技していることは見破っていた。だが、いきなり男たちに勝負を挑むだなんて果たして何を考えているのか。

ゲームに参加するのは男たち五人とアドルフォの計六人。一人当たり五枚の手札が配られ、一回だけ手札をゼロから五枚まで交換して役を競うというシンプルなルールだ。まず、最初の手札を見て硬貨を賭ける。続いてカードの交換を行い、交換したカードを見てさらに硬貨を賭ける、という手順になる。

顎髭の男が親を務めた。自分含め、札を六人へ配っていく。

アドルフォが配られた札を手に持つ。後ろから覗いていたフェルナンドは顔を顰めかけたが、なんとか無表情を保つ。見事なまでにマークも数字もバラバラ。役無しだ。

顎髭の右隣、飛行服を着た男が一番初めだ。

「はは、かなりいい手札だぜ」

男は自信があるのか、いきなり硬貨を五枚賭けた。

続いてさらに右隣の男が同じく硬貨五枚を出す。

次はアドルフォの番だ。手札は役無し。それにもかかわらず、アドルフォは傍らの硬貨をガバッと摑んで前へと出した。

「上乗せだ」

ぎょっと、男たちが顔を見合わせる。出された硬貨は優に十枚を超えている。

隣の大男は自分の手札を見て、顔を顰めている。躊躇したようだが、結局は大量の硬貨を摑んで場に出した。しかし、その隣の男は初回から勝負を降りた。

そして親である顎髭の番へ。彼は臆することなく大量の硬貨を摑んで場に出した。その後、隣の二人は降り――結局、アドルフォ、大男、顎髭の三人が勝負に残った。

一回目の賭けが終わり、続いて手札の交換へ。

アドルフォは手札を二枚交換した。

顎髭たちもカードを交換し終える。

勝負に入る前に、もう一度賭けが行われる。交換し終えた手札を見て、さらに硬貨を上乗せ、あるいは勝負を降りることができる。

既に場には山ほどの硬貨が積まれている。とても、こんな酒場で一勝負に賭けられる金額ではない。にもかかわらず、アドルフォはさらに大量の硬貨を摑んだ。じゃらじゃらと音を立て、硬貨が手のひらから落ちていく。

男たちの目が驚愕に見開かれる。後ろのフェルナンドも同じく驚いていた。出した硬貨は、アドルフォが持っている硬貨ほぼ全てだ。近日の用心棒代なども含まれている。

隣の大男は、自分の手札と場の硬貨をまじまじと眺めた。

「……降りる」

勝負はアドルフォと顎髭の一対一へ。

（まさか、これが狙いか？）とフェルナンドは思う。

賭け金を吊り上げることにより、相手を降りさせる。自分以外の全員が降りればしょぼい役、たとえ役無しでも勝つことはできる。

顎髭が降りれば、アドルフォの総取りだが――。

「ハッタリだな」

顎髭は同じく硬貨を摑んだ。引く気は一歩もないようだ。

アドルフォと顎髭がにらみ合う。

「「――勝負！」」

二人は手札を表にして場に出した。ごくりと、フェルナンドは唾を飲み込む。相手の手札には、赤の4と黒のジャックが二枚ずつ。一方のアドルフォは黒のエースと8が二枚ずつ。

「互いに同じ役か。危なかったが俺の勝ちだな」ふぅ、と息を吐くアドルフォ。

ぎりぎりではあるが、エースを持つアドルフォの勝利だ。交換した札で、たまたま役を作れたのは運がよかった。場に出された大量の硬貨は全てアドルフォのものとなる。勝負を降りた者たちの損失は少ないが、顎髭の男は大損だ。

男たちが黙りこくり、場に険悪な雰囲気が漂う。

「やりぃ。儲かったぜ」

そんな空気にもかかわらず、アドルフォはへらへらと楽しそうに笑っていた。

(お前、一体何を考えている……)

「へへ、それじゃあ、全部いただ——」

アドルフォは硬貨を摑もうと手を伸ばす。

トン、という音。アドルフォの手のすぐ横。テーブルに銀色に輝くナイフが突き立てられていた。ナイフを取り出した張本人である顎髭が、アドルフォを睨みつけている。

「おい、持ち逃げできるとでも思ってんのか？　お前……イカサマしたろ」

顎髭の発言は難癖そのものだった。後ろで見ていたフェルナンドだが、どこにもそんな形跡は見られない。アドルフォは純粋に勝負をして勝ったのだ。

だが、

「だな、そうに違いねえぜ」「イカサマたあやってくれるぜ」「俺たちホマレ飛行隊相手に舐めた真似しやがって」「どう落とし前つけてやる？」

他の四人が、一斉に顎髭に同調し始めた。

「切り刻まれたくなかったら、とっとと失せな。お前の硬貨でチャラにしてやるよ」

顎髭はアドルフォの硬貨に手を伸ばす。

そんな男たちを見て、アドルフォは鼻で笑った。

「……ま、そうくるだろうな」

「あ？」

「悪いが俺は引く気なんてないぜ。イカサマなんてしてしてないからな」

「つまり、やろうってのか？」

顎髭は机からナイフを引き抜いた。刃が照明の光を照り返す。

「ああ、やる気だ。売られた喧嘩は買うさ。ただし——戦闘機でな」

「何？」と顎髭。

「あんたら戦闘機乗りなんだろ。実は俺もそうでね」アドルフォは親指で自分を指し示す。

「戦闘機に乗って俺と一対一で戦え。空戦で決着をつけようじゃねえか」

「……は？」

「ナサリン飛行隊所属、アドルフォ山田。キャリアは六年。星は十六と七分の六。愛機は紫電。得意技は電光石火の先制攻撃と目くらまし。お前に決闘を申し込む！」

アドルフォは顎髭の鼻先に指を突きつけた。

男たちは茫然としていたが、やがて一斉に笑い出す。

「なんだそりゃぁ！　頭でもイカれちまったか」「俺たちを伝説のホマレ飛行隊と知って言ってんのか？」「紫電だぁ？　俺らの機体が何だと思ってやがる？」「死にたがりか！」

嘲笑されるアドルフォだが意にも介さず、硬貨の山を崩してテーブルに広げた。

「俺が負けたらお前らの総取りだ。その代わり、俺が勝っても賭け金はいらねえよ。お前らが二度とこの店に近付かない、それでチャラにしてやる」

顎髭は笑いをぴたりと止め、席から立ち上がった。

「お前……まじでイカれてんのか？」

「兄貴、乗るんすか？　カネスケさんの計画は明後日っすけど」と大男。

「前哨戦（ぜんしょうせん）だろ、こんなもの。それに金を譲ってくれるんだ。遠慮なくいただこうじゃねえか。外に出ろ物知らず——叩き潰してやる」

（……これが狙いだったか）

フェルナンドは得心がいく。アドルフォは初めから相手がゴネることを見越して勝負を挑んでいたのだ。かなりリスキーではあるが、一対一の決闘へと自然な形で持ち込んだ。

アドルフォたちは表へと出て行く。

作戦は成功と言えるが、フェルナンドにはただ一つだけ気がかりなことがあった。フェルナンドはテーブルへと目をやる。ある昔話を思い出していた。それがイジツでの出来事なのか、ユーハングで起きたことなのかは分からない。とある男が、トランプの最中に暗殺された。諸説あるが、男の手札には黒のエースと8が二枚ずつあったという。その役は出来事にちなみこう呼ばれる——死者の手札。テーブルに残されたアドルフォの手札は、まさにそれだった。

ラハマの端にある滑走路へと、アドルフォと顎髭たちはやってきていた。アドルフォは格納庫内で紫電へ乗り込み、ラダーやエレベーターの調子を確認している。

「無茶をしたな」フェルナンドは下から声をかけた。「もしあの手札で負けたら、どうするつもりだったんだ。大損をして終わりだったぞ」

操縦席のアドルフォが鼻で笑う。

「そのときは金は渡せねえってゴネて、無理やり決闘に持ち込んださ。あの勝負自体は勝てても勝てなくても、どっちに転んでもよかったんだ」

「本気でやるつもりか」

「ああ。本気だぜ」

フェルナンドは外を見やった。既に顎髭の機体は、滑走路へと出ている。向こうの機体は赤色の紫電改。その名が示す通り紫電の改良型であり、最大速度、上昇速度ともに向こうが上。機体の乗り心地は生まれ変わったと評されるほどに異なるという。

「命あっての物種だろう。勝って何かが手に入るわけでもない」

「そうかもしれねえな。だがよ、フェルナンド――お！」

と、格納庫へと誰かが入り込んできた。

「……！　飛行機乗りさん！」

見るとそれはウェイトレスのライラだった。

アドルフォは地面へと降りた。

「よう、大丈夫か。こんなところまで出てきて」

「はい。もう、大丈夫です」彼女はたどたどしく言う。「あの……飛行機乗りさんがこんな戦い、する必要なんてありません……」

「どうしてそう思う？」

「だってそうです。元々の発端は、私なんですから。飛行機乗りさんは無関係です。私が、ウェイトレスなのにあの人に冷たい態度を取ったから、それがいけなかったんです……。私が、もう少し別の態度を取っていれば、この傷も……」彼女は顔の左を押さえた。「それに、もうさっきマスターとも話し合って。これ以降もあの人たちが来るようならお店を辞めさせてもらって、また別の働き口を見つけようと――」

「店を辞める？　そいつは駄目だな」

「え？」

「あの店は俺のお気に入りだからな。酒も料理も美味いが、君がいるからこそ価値がある」

「でも……」

「それにだ、俺が戦うのは別に君のためってわけじゃないぜ」

アドルフォはライラの顔を眺めた。眼は涙で赤くなっており、身体(からだ)はぶるぶると震えている。どうしようもなく悔しいにもかかわらず、アドルフォを押しとどめようとしていることが伝わってきた。

「単に俺のためさ。カワイ子ちゃんの泣き顔なんて、俺は見たくないからな！」

アドルフォはライラへとウインクを送った。そしてさっそうと身を翻す。

「フェルナンド、イナーシャ頼んだぜ」

「……ああ」とフェルナンドが頷く。

アドルフォの心は静かに、そして激しく燃えていた。

絶対に勝って見せるという強い思い。

左主翼に上がり、紫電の操縦席へと乗り込もうとしたところで――。

「あ！　おっさんたちじゃん！」

外から聞き覚えのある声がした。きんきんと響く、バカに明るい少女の声だ。

「……おい、おいおいおいおい」

昂っていたアドルフォのテンションがさぁーっと引いていく。格納庫の入り口に見えるのは六人の少女たちの姿――コトブキ飛行隊だ。

「どうしてお前らがここにいるんだよ⁉」


コトブキ飛行隊は、オウニ商会との契約を更新するにあたり、打ち合わせのため集まっていたらしい。たまたま格納庫の前でアドルフォたちを見つけたとのことだ。

アドルフォの話を聞いて、キリエは目を丸くした。

「決闘？　表の紫電改と？」

「それもおっさんが紫電で？　まじで言ってんの？」とチカ。

「無謀に思えますわ」エンマが頬に手を当てて言う。

「紫電と紫電改の性能差は歴然。ケイトも無茶だと進言」

四人から容赦なく浴びせられた言葉にアドルフォは言い返す。

「うるせえ！　空戦ってのはな、別に戦闘機のスペックだけで決まるもんじゃねえんだよ！　機体の整備状況とかコンディションとか、何より操縦士の腕前だとか――」

「別におっさん、腕前だって大したことないもんな！」

「ぐうっ!!」チカの一言がアドルフォの胸に突き刺さる。「そりゃお前らからすりゃそうだけどな！　俺だって一応そこそこ腕前は立つほうなんだよ！」

「でもさー、向こうのホマレ飛行隊ってのもかなり実力があるんでしょ？　どーすんのやばくない？」とチカ。

「ぐ……」

「……ホマレ飛行隊？　うーん、どっかで……」キリエは首を傾げる。

「腕前が仮に同じレベルだとしたら、機体の性能は勝負に響きますわ。ましてやこれは乱戦ではなく一対一の決闘でしょう？　巴戦になりますもの」

「そうだ！」何か閃いたのか、チカが大声を出した。「どう、私がおっさんの代わりに対決したげる！　エンマ、隼私に貸して！」

「あ、ずるい！　エンマ、私！　私が決闘やる！」キリエも身を乗り出す。

「チカ、キリエ……あなたたち隼に乗りたいだけでしょう？」とエンマ。

「駄目だ」とレオナが二人を戒める。「私たちはマダムとの契約を更新しに来てるんだ。その手前に勝手な行動を起こすことは許さない」

「「ぶー」」

ウェイトレスのライラは突如として現れたコトブキとの会話についていけないようで、少し離れて不安そうな表情を浮かべていた。そんな彼女に、アドルフォは親指を立てた。

「大丈夫だカワイ子ちゃん、怯えなくていい。安心してくれ」

「本当に大丈夫なの、おっさん？」と後ろでチカの声。

「そこで見てろ！」

アドルフォはチカにもぐっと指を立て、紫電へと乗り込んだ。

「男の意地、というやつかしら？」とエンマ。

「意地……。ケイトには分からない概念である」

顎髭の乗り込んだ赤色の紫電改とアドルフォが乗り込んだ瑠璃色の紫電が滑走路に並ぶ。プロペラが轟音（ごうおん）を立てて回っている。

決闘のルールはシンプルだ。先に滑走路に降り立つ、あるいは撃墜されれば敗北。街から離れることも考慮し、飛び立ってから五分の間は互いに攻撃できない。それ以降は、どんな戦法を使ってもよい。

コトブキ飛行隊の面々、ライラ、そしてフェルナンドは滑走路脇に並んでいた。そんな中、フェルナンドはある違和感に気づく。

（他の四人が……どこにも見当たらない？）

先ほどまでいたはずの、顎髭以外のホマレ飛行隊の姿がない。

フェルナンドは近くにいた整備員を捕まえて、話を聞きだす。

「ああ、あの紫電改の四人ですか。彼らならついちょっと前に――」

彼からもたらされた言葉に、フェルナンドは思わず顔を顰める。先ほどのアドルフォの役、死者の手札が脳裏を掠めた。

立ち会っている整備員が、合図を出す。

それと同時に、機体が滑走路を走り出した。徐々に速度が増し、尾部が上がって機首が下がる。主脚が地面を離れ、戦闘機がふわりと浮く。二つの戦闘機は荒野へと向かい飛んでいった。

機影はすぐに、ゴマ粒ほどの小ささになっていく。

「なんていうかさ、本当に大丈夫なわけ？」

「あらチカ。随分と心配なさっているのね」

「心配っていうか単純に頼りないじゃん。ねえ、おっさんも――ってあり？」

チカは周囲を見回す。先ほどまでいたフェルナンドの姿はどこにもなくなっていた。

アドルフォは操縦桿を引いた。ずしりと身体全体に負荷を感じる。紫電は空へと向かってぐんぐん上昇していく。視界の斜め上には、同じく空へと昇っていく紫電改が見えた。

「おい、どこまで昇っていく気だ?」

アドルフォの呼びかけに対し、無線から雑音交じりの返答が響いた。

『雲の上さ。俺は眼下に広がる雲を見下ろすのが好きでね』

頭上には層雲が広がっている。雲自体の厚さは薄くすぐに抜けられるだろう。

『あの雲を抜けてしばらくしたら勝負開始、といこうぜ』

「ああ、分かった」

『なぁ、おい』

「ん?」

『どうしてこんな勝負を仕掛けてきたんだ。そんなあの女にご執心か?』

「……」

無言のアドルフォに、顎髭がにやけ声で呼びかける。

『図星か?　ははっ、あんな傷物に肩入れするとはな。とんだ物好きがいたもんだ』

「女の顔を切り刻むとは、随分と器が小さいじゃねえか」

『舐めた態度を取ってきやがったんだ、当然だろう。俺が誰だか分からねえようだったから、分からせる必要があった。もっとも、それはお前も同じようだがな』

「……呵責（かしゃく）とかはないのか?」

『カシャク?　……ああ、呵責か。分からんな。俺が正しいのに何を責めろってぇ?』

「そうかい。安心したぜ」

――躊躇なくぶっ飛ばすことができる。

眼前に層雲が迫る。相手の紫電改が先に、遅れてアドルフォの紫電が雲へと突入した。視界が真っ白に染まる。ぼっと雲を突き抜けて、アドルフォの機体は空へと飛びだした。

機体をすぐに水平へと戻し、周囲を見回す。相手の紫電改は、正面上にいた。先に雲を抜け体勢を取り戻していた紫電改がターンし、こちらへと急降下してきた。

「……！」

ダダダダダと機銃が掃射され、空中に曳光弾の軌跡が残る。アドルフォは機体を急旋回させ、相手の弾道から機体を逃がす。弾は掠りもせず空を切る。アドルフォの横を紫電改が降下していく。振り向くと、雲の中へと機体は消えていった。

アドルフォは手元の時計を見つめる。発進してから時刻は四分四十秒しか経っていない。

「やってくれたな……！」

『こっちの時計は既に五分経ってるぜ。安物でも使ってんのか？　がはははは！』

「……野郎！」

アドルフォは舌打ちした。だがトランプの難癖もあったし、これくらいやってくるのは想定内だ。それゆえに素早く回避ができた。

アドルフォは高度をさらに上げた。多くの雲が漂っており、視界がかなり悪い。アドルフォは眼下を眺めた。下に広がる層雲。だが、相手の紫電改は雲の中へと隠れてしまっている。機影すら見えず、雲の下まで抜けているかもしれない。どこから上がって来る――としばらく警戒する。

だが一分以上経っても、まるで姿を見せない。さすがにしびれを切らし、怒鳴りつける。

「おいこら！　雲の上が好きなんじゃなかったのか？」

ぶぶぶ、と酷（ひど）くかすれた無線が返ってきた。

『は……ははは。お……えは、本当に……カだな……』

「あ？　なんだと？」

『バカ……と言った……だよ。俺が一対一……素直に応じたと……ってたのか？』

「――どういう意味だ」

と、アドルフォの視界に何かがちらつく。がばっと顔を上げ、前方を見つめる。遠くの雲で何かが光った。太陽の光をプロペラが反射しているのだ。遥（はる）か向こうに見えるのは黒い四つの機影――戦闘機。それも紫電改だ。編隊飛行でこちらへと向かっている。

「な……。ありゃあ、どういうことだ⁉」

『がはははははは！』顎髭のだみ声が響く。『馬鹿な奴だよ、本当になあ。これが一対一だと思った時点でお前の負けなんだよ。これはお前対俺たちの勝負さ』

「テメェ――タイマンって約束だろうが」

『俺たちは五人で一人みたいなものでね！　がはははは！』

ここまでするか。だが、思い返せば滑走路で四人の姿を見た覚えがない。事前に飛行機を飛ばし、大回りでやってこさせたということだろう。奴が雲の上まで飛んできたのもこのためだ。

五対一という状況を下の観衆には見させないようにするための策略。

この状況下で気づいたとしても、全ては後の祭りだ。

このまま雲の上にいては、あの四機がやってくる。コトブキ飛行隊ではないのだ。五対一で勝てるような腕前はアドルフォにはない。

だとすれば、最善の策は雲の下へと抜けること。下に潜んでいるのは一機。仮に雲の下へと出られれば五対一にはならない。ラハマ観衆の目があり、相手の不正が明るみに出てしまうためだ。アドルフォは操縦桿をぐっと押し込もうとしたが――。

『どうする、下に降りてくるか？　それなら俺とサシだ。勝ち目はあるかもしれんぜ？』

「……！」

その言葉で、アドルフォは考えを改める。

（相手自ら、そんなことを言ってくるか？）

降りてこいという言葉すら、罠である可能性が高い。決闘という様式さえも守っていない奴らだ。アドルフォが下へ抜けたところで、あの四機が次いで襲ってくる可能性は十分にあった。

当然そんなことをすれば観衆から目撃されるが、奴らはもはやラハマには戻るつもりさえないのかもしれない。

（どうする？　俺は――）

考え込む間にも、敵はぐんぐんと間近に迫っている。接敵まであと一、二分か。

無線から響く顎髭の笑い声。

眼前に迫る敵の機影。

考えがまとまらない。

空での迷いは死へ直結するというのに。

覚悟を決め、操縦桿をぐっと押し込もうとしたが――。

アドルフォは目を見開いた。迫っていた四つの機影のうち一つが、いきなり主翼から火を噴いたのだ。機体は煙を出してバランスを失い、層雲へと吸い込まれるように墜ちていく。

「な……⁉」

『ああ⁉』

アドルフォと顎髭の声が、同時に響く。

恐らく四機の紫電改は、アドルフォへ集中していたのだろう。だから注意を欠き、気が付かなかったのだ。自らの背後から別の機体が迫っていたことに。

「フェルナンド！」

背後から迫っていた瑠璃色の紫電、そのガンポッドが火を噴いた。敵機体の間を曳光弾が通り抜けていく。紫電改は編隊を崩しばらける。それぞれ旋回に入り紫電を撃ち墜とさんとする。

『アドルフォ、こっちは俺がやる』無線からフェルナンドの声。

「でもよ、三機相手じゃ――」

ベテランのフェルナンドと言えど厳しい戦いになるだろう。

『お前はそっちに集中しろ。――見たいものがあるんだろう』

「……！」

その言葉で、アドルフォの迷いが晴れていく。

そうだ、アドルフォがこの決闘を挑んだのは――。

「ああ、そうだ。そうだな。そっちは任せたぜ！」

アドルフォは操縦桿をぐっと押し込んだ。層雲の中へと機体を突っ込む。真っ白に染まる雲を抜けると、眼下に広がるのは荒涼たる乾いた大地。

雲の下に待機していた赤い紫電改の姿が見えた。

「よ。それじゃあ、決闘といこうか」

『……てめぇ』

無線越しに、顎髭の苛ついた声。

アドルフォはスロットルレバーを開く。紫電を加速させ、一気に迫る。

速度を上昇させたのは向こうも同じだ。

相手のケツを取ろうと、巴戦が始まった。ヘビの交尾のごとく二つの機体は絡み合う。

バレルロール――相手の機体が宙を回転してアドルフォの後ろへと回り込もうとする。アドルフォは機体を横滑りさせて射線を躱す。

相手の後ろを取ろうと互いに旋回し、ロールし、絡み合う。互いに機銃を撃ち合うが、機体を掠めるだけで決定打にならない。速度を一瞬でも落とせばその時点で負けだ。二機の機体は猛速で乾いた大地へと接近していく。

　今度はアドルフォがバレルロールを繰り出した。視界がぐるりと回転し、強烈な負荷が身体にかかる。相手の機体が前へと躍り出た。無防備に尻をさらけ出している。

　だが、まだ遠い。ここから撃っても無駄弾になるだけだ。既に弾数をかなり消費している。撃つのは照準に限界まで収めてから。確実に撃ち墜とす。

　相手の紫電改はアドルフォを振り切ろうとした。

　だが――。

『くそくそくそが！　どうして離せねえ！』

　二機の機体は機速を保ったまま降下していき、大地へと近づいていく。

　確かにコトブキの言うように機体の性能なら向こうが上だ。アドルフォ自身だって彼女らに比べれば優れた技能を持っているわけでもない。

　それにもかかわらず紫電は紫電改に食らいついていた。理由は幾つかある。一つは、アドルフォが紫電を使い慣れていたこと。一つは、アドルフォの機体にオクタン価の高い良質なガソリンが積まれていたこと。一つはアドルフォの精神力。巴戦の中、アドルフォの身体には猛烈なGがかかっていた。手は震え、内臓は押し出されそうで、頭が痛む。だが速度は一向に緩めず、相手の機体を見据える。

　脳裏を、ライラの泣き顔が掠めた。

　下らない男の意地、というのは間違いない。

　だが今の自分を支えているのは、紛れもなくそれなのだ。

照準が機体を収める。

左手で引き金を引く。

ダダダダダダダダ——と激しい機銃音。曳光弾が入り交じった銃弾が相手の機体を襲い、ガンガンガンと激しく傷つけていく。搭載された機銃をありったけ撃ち続ける。

『止せ！　俺が、俺が悪かっ——』

ぼうっ、と相手の左主翼が燃えた。

操縦桿を引き起こし、アドルフォは上へと離脱。下を見ると制動を失った紫電改がふらふらと揺れていた。風防が開き、落下傘を背負った顎髭が飛び出す。操縦士を失った紫電改はくるくると錐揉み状に、大地へと吸い込まれるように墜ちていく。次第に機影は見えなくなり——やがて荒野の真ん中に、小さな爆発が見えた。

フェルナンドはどうなったろう——と思っていると雲を突き破り、煙を噴いた紫電改が墜ちてきた。落下傘を背負った操縦士が飛び出す。

続いて、フェルナンドの乗る紫電が降りてくる。敵は四機、二機が残っているはずだ。しかしフェルナンドは焦る様子もない。

『終わりだ。残り二機は逃げていった』

「そうか、助かったぜ」アドルフォはふっと笑う。「伝説のホマレ飛行隊、だったか。ナサリン復活の嚆矢になったんじゃねえか」

『……どうだろうな』

無線越しに、フェルナンドが笑っているのが分かった。

二人は滑走路へと降り立った。アドルフォは整備員へと声をかけ、落下傘で脱出した彼らを救援するよう要請する。アドルフォが紫電から降りると、チカが近寄ってきて、笑いながら背中をばんばんと叩いてきた。

「やるじゃん！　途中は結構、冷や冷やしたけど」

「見直したか？　伝説の飛行隊を倒した男って呼んでくれていいぜ」

「そのことなんだけど、ちょっと違うみたいなのよね～」横からザラが口を出す。「彼ら多分、特に実績は残してないわ。伝説のなんて言ってたけれどでっち上げね」

「なに？」

「前に、『ハーヴィー』にも来てたんだよ！　追っ払ってやったけど！」とキリエ。

「自分たちを誇張して言いふらしみかじめ料を取ったりと、空賊まがいの連中だ」とレオナ。

「……そうかよ。ま、そんなこったろうとは思ったけどな」

アドルフォは息を吐く。それは大した問題ではない。

本題は一つしかないからだ。

「よう、カワイ子ちゃん」

滑走路脇、胸の前で手を握り茫然としている彼女。アドルフォは手を上げて、軽い調子で歩み寄る。彼女は信じられないといった風に、口を開けている。

「あいつの機体が墜ちてったの、見たか?」

「は……はい」彼女はこくりと頷いた。

「もう大丈夫だ。生きてはいるだろうが、あいつは伝説でもなんでもないただのヘッポコ戦闘機乗りだ。君が怯える必要も、店を辞める必要もない」

「はい、はい、はい……」

何度もこくこくと頷く。彼女の目に涙が溢れ、ぽろぽろと零れ落ちる。

「ありがとうございます。ありがとうございます……。でも、どうしてですか？　どうして会ったばかりの私のために、こんなにも……」

「どうしてかって？　そんなもの決まってるだろ」

アドルフォはライラの顔を見つめた。眦に涙が浮かんでいるが、その顔は会ったときと比べてほんの少し、和らいだように思える。

「――君の笑顔が見たかったからさ」

アドルフォはウインクをした。

「……！」

ライラが驚き、顔がほんのりと赤くなる。

盛り上がるアドルフォたちとは対照に、

「ねぇ、なに言ってんのおっさん?」とチカ。

「さぁ……」エンマは首を傾げる。

「あれが横暴な恋？」とキリエ。

「種の保存的な見地からは妥当な発言」とケイト。

コトブキ飛行隊は冷めた目をしていた。

「さて、それじゃあ店に戻って食事の続きでも――」

と言うアドルフォだが、後ろが騒がしいことに気づく。

整備員たちが表に出て、がやがやと話し合っている。

「なんだ？」

空を見上げると、遠くに豆粒ほどの機影が見えた。向かってくるのは二機の紫電改。だが速度を落としておらず、着陸する様子ではない。

「まずいぞ！　逃したさっきの紫電改だ！」とフェルナンド。

「なに！」

まさかこんなに早く戻って来るとは。明らかにアドルフォたちが狙いだろう。仲間を墜とされた腹いせか。地上のアドルフォたちを狙い撃ちにしようとしているようだ。

「レオナ！　私が出る！　やらせて！」とキリエが叫ぶ。

「駄目だ、今からじゃ始動が間に合わない。滑走路に出しても狙い撃ちされるだけだ」

そう言っている間にも紫電改が迫る。

「くそ！」

アドルフォはライラの手を引っ張った。彼女だけは危険に晒すわけにはいかない。

みんなが避難し始めようとした中――横からいきなり別の機体が飛んできた。

ダダダダダ、と紫電改へと向けて機銃を掃射した。

突然の事態に対応できず、一機の紫電改が主翼に被弾する。制動を失い、操縦士が飛び出した後で滑走路の手前――荒野へと落下して爆発した。もう一機の紫電改は旋回して躱したものの、すぐに尻を取られてしまう。ストールやロールをして相手から逃げようとするも、全て読まれているのか振り切れない。追う機体が再び掃射し、紫電改のエンジン部に被弾。煙を噴いて、やはり操縦士が飛び出した後で機体は荒野へと墜ちていった。

突如現れた機体は、瞬く間に二機を撃墜してしまった。

「あの零戦(ゼロせん)……！」とキリエが叫ぶ。

「すげぇ……」とアドルフォたちはぽかんとする。

速度を落とし、その機体が滑走路へと降り立つ。

切り落としたような主翼の両端――零戦三二型だ。主翼と胴体部には紫色のヘビのマークが描かれている。元々、生産数が少ない三二型。そしてこんな腕前の操縦士は一人しかいない。

風防が開いて降りてきたのはアイシャドウをした女性、ナオミだった。

アドルフォを見つけたナオミは背筋を伸ばし、かつかつと歩み寄って来る。

「カワイ子ちゃん、助かったぜ！　いやぁ、さすが！　俺が惚れた女なだけはある！」

礼を言うアドルフォだが、ナオミは冷めた目をしていた。彼女の視線はアドルフォの横、ライラに注がれている。

「誰、その女？」

「え？　ああこの子か！　この子はな、行きつけの酒場のウェイトレスだ！　おっと、変な誤解をしてもらっちゃ困るぜ。俺はカワイ子ちゃん一筋だからよ！」

キリっとした表情で答えるアドルフォだが、

「その手はなんなわけ？」

「はえ？」

アドルフォは自分の手を見る。彼の手はしっかりとライラの腰に回されていた。

「げぇ！　違う、これは助けようとしてつい――」

「私がちょっといなくなったからって、他の女に手を出してたわけか」

「いやいや違うんだナオミちゃぁ～ん。話を聞いて――」

「聞くわけあるかこのボンクラスケコマシクソ野郎！」

「ぐげえっ！」

ナオミの回し蹴りがアドルフォの腰に突き刺さる。倒れて悶絶するアドルフォを気にもかけず、ナオミは零戦へと戻っていく。

「戻ってきて損したわ。行くから」

「待ってくれナオミ～!!　俺は、本当に君一筋で――！」

追いすがるアドルフォを見て、フェルナンドは帽子を深くかぶり直す。ナサリン飛行隊の復活は、まだまだ遠いことになりそうだ。

5章 六人の戦闘機乗り

THE MAGNIFICENT
KOTOBUKI

周囲を岩山に囲まれ、天然の要害として機能している鉱山の跡地。その洞窟に一人の男が立っていた。奇妙な風体をした男だった。白と黒が入り交じった、モンツキハカマというユーハングの服に身を包んでいる。顔の彫りは深く、髭(ひげ)はぼうぼうと伸びている。

目の前の机には一枚の新聞紙。一面には歯を見せて笑っているイサオの写真、そして彼を罵る記事が書かれている。

「……」

男は新聞紙をびりびりと引き千切る。一陣の風が洞窟を吹き抜け、紙切れが宙を舞っていく。

イケスカの戦い以来、イサオの行方は杳(よう)として知れない。死んだと主張する者、どこかで身を潜めていると主張する者、穴を通じてユーハングへ辿(たど)り着いたと噂(うわさ)する者さえいる。どれが真実なのかは男にも不明だ。

頭(かしら)であるイサオを失い、さらには陰で空賊を支援していたことも明るみに出たことにより、自由博愛連合はカリスマを失った。イケスカでは大きな内乱が続いている状態だ。

男もまた自由博愛連合の一員だった。幹部であり、自身も戦場へと出て富嶽(ふがく)による爆撃に加担した。だが今ではそのことが公(おおやけ)となり、ユーリア派からは目の敵(かたき)にされている。

(なぜ、イサオ様の計画は破綻したのか)

彼の計画は完璧だったはずだ。

何年にもわたる戦闘機の研究。幻の機体である震電の復活。新たなエンジンの開発にまで着手。完成した機体に乗るのは、天上の奇術師。さらには無数の勢力と包囲網——それにもかかわらずイケスカ上空の穴は消失した。

ただ一つの誤算はオウニ商会お抱えの用心棒——コトブキ飛行隊の存在だ。

搭乗者は全員が女で、子供と見紛うほどの操縦士もいる。だが彼女らは優秀だった。雷電の奪取に失敗したのも、ナンコー油井の独占ができなかったのも、ラハマを降伏させることができなかったのも、イサオが敗れたのも——すべて彼女らがいたためだ。イサオも早い段階からそれには気づいていたが、結局誰一人欠けさせることはできなかった。

そう、全てはコトブキ飛行隊だ。

あの隼一型を操る六人の女たち。

男は目の前に並んだ戦闘機を眺めた。隼三型、零戦、雷電、月光、飛燕、疾風——と名だたる機体が揃っている。いずれも第一線で活躍できる優れた機体ばかりだ。どの機体もハカマと同じ黒と白の段だら模様に塗装されている。

別拠点の機体を含めれば、総勢四十七機。

人は彼らを自由博愛連合の残党、あるいは過激派などと呼ぶ。

だがそれも今日までだ。

主君のために仇討ちを果たしたユーハングの昔話。それになぞらえて彼らはユーハングの伝統的な服装に身を包み、自分たちをこう呼称した。アクーローシと。

計画実行は半日後にまで迫っている。

「おい」

男は機体を整備している部下を呼び寄せる。おかっぱ頭で、モンツキハカマを身に着けている。男と同じく自由博愛連合の出身者であり、名をカネスケという。

「はいボス、いかがいたしましたか？」

「ホマレの奴らはどうした？」

ホマレは五人全員が紫電改を有している飛行隊だ。コトブキ飛行隊に恨みがあるらしく、カネスケが勧誘してきた。だがここ数日はこちらに姿を見せていない。

「んん、どうやらまだ来てないようですねえ」

「今すぐ連れてこい」

「別に良いのではないですか？　今さらあの五人などいなくとも、私カネスケの勧誘で戦力は十分に揃いました。武器も調達できましたしね。これだけいれば負けることなど万に一つも――」

パァン、と乾いた音が洞窟内に反響した。カネスケの前髪はちりちりと焼け焦げている。ボスが懐から抜いた拳銃、その先端から細い煙が昇っていた。

「お前……いま何と言った？」

「ひいいいい！」カネスケは腰を抜かす。「申し訳ありません！　油断をしておりました！　敵はコトブキ、強敵なのに戦う前から油断をしていた私が悪うござ――」

「そうではない！」ボスはカネスケの胸ぐらを摑み、大声で叫ぶ。「あの五人が、あの五人がいなかったら――我々は四十二人になってしまうだろうがあああ！」

「……は？」

きょとんとするカネスケを放置し、ボスは拳を振りあげて高らかに演説する。

「いいか、アクーローシ。我々はアクーローシだぞ！　我々が勝つのは当然だ。だが四十七人いてこそのアクーローシだ！　あいつら五人を入れてちょうど四十七人！　このままだと四十二人――アクーローシが成り立たんだろうが！　間抜けにもほどがある！」

そんなボスの様子を見て、他の部下たちがこそこそと会話する。

「また始まったよ……。ボスのユーハングマニアも大概だぜ。こんな服を着る羽目になるしよ」

「服はまだしも機体の色まで塗り替えろってのはやり過ぎだろ。俺の……アナグマ団のマークが……」

「腕は確かなのになぁ。あれさえなけりゃ……」

「ホマレの奴ら、それが嫌でばっくれたんじゃねえか？」

ボスは拳銃をカネスケへと突きつける。

「逗留地はラハマだろう、今すぐ様子を見てこい！　もし連れてこなければカマユデだ」

「……カマユデ？」

「ウキヲエにも描かれているユーハングの処罰法だ。のぼせて真っ赤になるまで風呂に浸からせるという世にも残忍な拷問よ！」

「なんと恐ろしい……。お待ちを！　すぐに連れてまいります！」

カネスケはすぐさま零戦二一型に飛び乗り、洞窟前の滑走路から飛び立っていく。


「……おかしいですね」

ラハマに着いて早々、カネスケは首を傾げた。ホマレ飛行隊の機体が見当たらない。格納庫にも赤い紫電改はなかった。近くにいた整備員を捕まえて話を聞きだす。

「ホマレ飛行隊？　ああ、あいつらですか。実は――」

「……なんですと⁉」

もたらされたのは予想外の話だった。自ら伝説と謳っていたホマレ飛行隊だが、実は空賊まがいで、別の飛行隊との決闘で敗北したという。紫電改は全て大破したらしい。

「ほう！　それはいいことを聞きました。それでは、その勝利した飛行隊というのは今……」

「ナサリンですか。あいつらなら女を追いかけて、すぐ出ていっちまいましたよ」

「なんですと⁉」

どうやらその飛行隊ももうラハマにはいないらしい。

「むむむむむ、これは一体どうしたものか……！」

このまま帰ればボスが激高するのは間違いない。自分は間違いなくカマユデに処されてしまう。なんとしてでもホマレ飛行隊の代わりを見つけなければ。腕が立ち、コトブキ飛行隊に恨みを抱えている飛行機乗りを――。

その場で頭を抱えてうんうん唸(うな)っていると、視界にあるものが入った。

「あれは……」

滑走路近くの荒野の上を、一機の戦闘機が飛んでいた。その飛行機の操縦に、カネスケは目を奪われた。戦闘機はまるで踊るかのように空を縦横無尽に飛び回っている。同じ飛行機乗りであるカネスケには、かなり優れた操縦士が乗っていると分かった。

やがて、戦闘機は滑走路に降りてきた。赤色に塗られた隼三型。一体どんな操縦士が乗り込んでいるのだろうと期待していると、降りてきたのは――意外にも女性だった。それもただの女性ではない。ユーハング由来の服装であるキモノに身を包んでいる。

カネスケは隼から降りた女性に近寄った。彼女は清廉な笑みを浮かべて答えた。

「そこのお嬢さん！」

「何？　私になにか用？」

不思議な女だが、並々ならぬ実力を兼ね備えているのは確かだ。

カネスケは女を勧誘した。自分たちはコトブキ飛行隊に恨みを抱いている。一緒に戦ってくれないか、と。彼女は、快くそれを引き受けた。

＊

「え～！」

その前日、格納庫にはキリエの悲鳴が響いていた。目の前には整備された隼一型の姿。ただし尾翼には奇妙な生物、海のウーミが描かれている。チカは愛機の帰還に喜び、主翼へと飛び乗った。

「やったぁ！　ハンチョーありがとー！」

「もう無茶な飛び方するんじゃねーぞ。言っても聞きやしないだろうけどな」

喜ぶチカとは反対に、キリエはむっつりとしている。

「班長！　どうしてチカだけで私はまだなの⁉」

「チカのほうは損傷箇所のパーツが調達できたんだ。キリエのほうはまだ間に合ってねえ」

「そんなあ！　三週間で直るって言ってたじゃん！」

「そいつは悪いと思ってる。だが無いもんは無いんだ。他の街でも探してるから、部品が見つかるまで待っててくれ」

そう言うナツオ自身、約束を守れないことは悔しいのだろう。キリエに負けず劣らず渋い顔をしている。

が、一方のチカはそんな二人の様子など目に入っていないようだった。

「へへ――ん！」

チカは風防を開け、操縦席に飛び乗った。エレベーターやラダーを動かしている。

「どうキリエ！　羨ましいっしょ！　私この後、ひとっ飛びしてこよっかなー！」

「く～……」

キリエとチカがウェイトレスとして働くのは、あくまで隼が戻ってくるまでの間という話だった。ほどなくマダムから、チカは隼での任務に戻るようにとの連絡があった。

夕方、一人で「ハーヴィー」へとやってきたキリエは、スウィングドアの前で少しだけ肩を落とす。仕事には大分慣れてきたしマスターのことは好きだがやはりキリエは飛行機乗りだ。自分だけいつまでもこの仕事をしているのはもどかしい。

「こんにちはー……」

開店前の店へと入ると、カウンターでマスターが誰か男と話しこんでいた。もみあげがやたら目立つ男で、傍らには大型のケースを置いている。男は大きな声でマスターを威圧するかのように話しかけており、手元には金を持っている。

キリエはつい昨日のことを思い出す。マスターを騙(だま)してミカジメ料を取り、ナサリンとナオミによって倒されたホマレ飛行隊。またあいつらのような空賊まがいの輩(やから)が来たのかと、キリエは肩をいからせて歩いていった。

「ちょっと、何やってるの！」

「ん？」男がこちらを振り向く。

乱入してきたキリエにマスターが焦る。彼女の手には額に入った大きな絵画。

「違うのキリエちゃん。この人は行商人で、絵を……」

「絵？　なに、絵を押し売りされたってこと？」

そこまで言って、キリエは男に見覚えがあることに気づく。

目立つもみあげとリーゼント。そして男の陰には、桃色の髪をした小柄な少女。

「あ！　エリートの！」

「む、お前はコトブキの！」

キリエたちは互いに指さし合う。男はエリート興業の代表取締役親分であるトリヘイ、傍らにいたのは彼が慕う姐さん。マスターが持っている絵をよく見ると、それはウキヲエだった。

「どうしてあんたらがここにいるの？　絵の押し売り？」

「んなわけあるか！」トリヘイが怒鳴る。「俺たちは心を入れ替えたんだ。今はこいつの絵をもっと広めるために、絵の行商人をやってんだ！」

「ギョーショーニン？」

キリエが聞き返すと、姐さんがこくりと頷いた。

「……私の描いた絵をもっと多くの人に見てもらいたくて。まだ全然だけど」

「いいや、売れるぜ。数年後には何万ポンドでも出すって奴が殺到してるに違いねえ！　俺が保証する！　お安くご提供している今がお買い時だぁ！」

「それでねキリエちゃん、私はその絵を見せてもらったの」とマスター。「私、すごく気に入っちゃって。元々ユーハングの文化にも少し興味あったから。購入して、飾らせてもらおうと思って話し合っていたのよ」

「毎度ありです！　いやあ、お目が高い！」とトリヘイが手をすり合わせる。

キリエはマスターの持つ絵をまじまじと眺めた。ザラにそこはかとなく似ている女性の絵だ。

煌（きら）びやかで、派手な色彩の衣装を着ている。

「うーん……」

正直、芸術の善し悪しが分からないキリエからすれば奇妙な絵にしか見えなかった。

「それでなんだけど、キリエちゃんに少しお願いしたいことがあって」

「私に？　何を？」

「キリエちゃんにはこの服を着て、飛行機に乗ってもらいたいなって思ってるの」

マスターが示したのは、手に持っている絵だ。

「私が？　服って……これ？」

キリエは絵の中の女性が着ている、派手な色彩の服を見つめた。

「そう。テーマは『ワ』よ」

「……また何か嫌な予感がするんだけど」


翌日——第二羽衣丸（はごろもまる）にて。

ザラとレオナの部屋にコトブキ飛行隊の六人が集まっていた。

「ワ？　何それ？」キリエの話を聞いて、チカが顔を顰（しか）めた。

「知らない。なんかマスターがそれをもとにした企画をするんだって」

「ワは、ユーハングの文化様式の呼称」とケイト。「ユーハングにより持ち込まれた文化や物をワと呼ぶ。言ってみれば戦闘機もワの一つ。ユーハングがやってきてから、言語や酒など、イジツにあった多くのものがワの影響を受けている」

「ウキヲエ、もワの一つよ」とザラ。「そしてウキヲエによく描かれている派手な服だけどキモノね。ユーハングの正装らしいわ」

「でも現存しているものはほとんど無いという話でしたよね？」とエンマ。

「そうみたい」キリエは服の裾をつまんだ。「これもイジツで後から真似して作られた偽物なんだって。エリート興業が資料用に持ってたものを貸してくれたんだけど」

キリエは普段の飛行機服ではなく、キモノを身に着けていた。ザラはキリエに帯を巻いてやる。

「随分と面倒な着方をする服ですわね。一人じゃとても着られそうにありませんわ」

「ザラ、こんなのどこで覚えたの？」着付けをされているキリエが尋ねる。

「昔、ちょっとね」とザラは笑った。

キリエの傍らには、長いカタナが置かれている。それを見て、チカは目を輝かせた。

「あ、カタナじゃん！　シーセンギだとかアクーローシがつけてるやつでしょ？」

「何それ？　シセンギ？　アクロウシ？」とキリエが首を傾げる。

「知らないの？　ユーハングが残してった映画！　シーセンギはなんかこうカタナをばっと抜いてさ！　コヨイのコテツは血にウェーテルでゴザルぅ～とかやんの！　ゴザル！」

「チカ、よく知ってますわね」

「昔だけどチト兄に教えてもらったんだ。映画そのものは見たことないけど、写真と、チト兄が真似してやってくれてさ！　ズバズバズバって感じで、超強くてカッコイイの！」

「カタナかぁ。銃のほうが強そうだけど」とキリエ。

「一流のオサムライはめっちゃ強いもんね！　銃弾なんてよゆーだよ、よゆー！」

「はい、完成よ」とザラ。

キリエは姿見を見つめる。鮮やかなキモノに身を包んだ自分の姿があった。頭にはハチマキと呼ばれるワの服飾品を巻いている。キリエはカタナを取り、腰に差した。

「キリエ、全ッ然似合わねー！」とチカがげらげらと笑った。

「うっさい、バカチ！」

「喋らなければそれなりに淑やかに見えたのですけれど」とエンマも微笑む。

「エンマまで！　でも、これで飛行機に乗れるかな……」

キリエは歩き回って、キモノの着心地を確認する。足がほとんど動かせず、裾がひらひらとする。ここからさらにゾウリを履くので、動きにくいことこの上ない。

「でもさ、キリエの隼って修理中じゃん。どうすんの？」

「エリート興業が貸してくれるって。三型だけど」

「至れり尽くせりですわね」

マスター提案のワをテーマにした企画、それはチンドンと呼ばれるものだった。チンドンとはユーハングの文化で、ワ装に身を包み、大きな音を立てながら宣伝のビラなどを撒く行為だそうだ。キモノを着て飛行機に乗り、上空から店を宣伝するビラを撒く。確かにこれ以上ない話題になるだろう。

　当初はキリエ一機で行う予定だったのだが、意外にもエリート興業が協力を申し出た。ビラの印刷だけでなく、彼らも社員総出で「ハーヴィー」の、そして自社のビラを配るという。当初想定したよりもずっと大規模な企画になりそうだ。

「エリート興業としては自分たちの宣伝もしたいんでしょうね」とザラ。「イサオとの戦いで協力してくれたとはいえ一度はラハマを襲った身ですもの。それも部下に唆される形でね。ここでさらに信用を取り戻して、新事業へと繋げたいんじゃないかしら。個人的には成功してほしいけれど」

　ザラは壁に飾られた絵を見つめた。以前、姐さんから貰ったものだ。

「えー、でも最後は助けてくれたじゃん。信用なんてそれで十分じゃない？」とチカ。

「信用を取り戻すのって案外難しいのよ。特に商売なんて信用が取引に直結するし、一回だけじゃなくて何度も重ねていかないと」

「ふーん」

　キリエは時計を見た。打ち合わせなどもあるし、あまり時間がない。

「私そろそろ行ってくる。ザラ、ありがと！」

「あ、キリエ。ちょっと待って」

　走り出そうとしたキリエを、ザラが呼び止める。なんだろうと思い振り返ると、ザラはいきなりキリエの胸元をはだけさせた。

「ちょ、ザラ何すんの⁉」

「キモノってはだけさせると色気が出るの。オイランって人たちはよくそうしてたのよ。でも、うーん」と唸るザラ。「キリエの場合は、普通のほうがいいかもしれないわね」

コトブキの面々はキリエとザラの胸元を見比べた。

「……確かに、そうですわね」とエンマ。

「オイランはユーハングでも最高位の美貌を持つ女性」とケイト。

「キリエには無理じゃん！　色気ゼロだし！　ちょー無理！」とチカが笑う。

「チカにだけは言われたくない！　それに私はキヤセするんだから！　キヤセ！」

「私の場合はまだ成長途中だもんねー」

キリエはキモノを上げて元に戻すと、部屋を出ていこうとした。

「キリエ」とレオナが後ろから声をかける。「いいか、くれぐれも無茶な真似はするんじゃないぞ。お前は隊員の一人なんだ。節度ある行動を――」

「レオナまで！　分かってるってば！　もう、みんなさっきから色々と！」

キリエは大声で怒鳴ると、通路を駆けていった。

トリヘイから借り受けたのは真っ赤に塗られた、エリート興業仕様の隼三型だ。色といい機体に描かれている「エリヰイ」というロゴといい肌に合わず、キリエは一目見てうんざりとする。

傍らにはナツオが立っている。

「整備はしてあるって話だが、試しに一回飛んでこい。調子が悪けりゃ直してやる」

「うん！」

型は違えど久々の隼だ。心が逸る。キリエは乗り込んで不備などないか確認した後で、整備員にイナーシャを回してもらい、隼を発進させた。

三週間振りに飛ぶ空。エンジンの唸りも、身体を伝う振動も、身を締め付けるような寒さも、全てが懐かしく、心地よい。大きく宙返りをしながらキリエは叫ぶ。

「……やっぱ、空って最高！」

隼三型は、一型よりも馬力が高い。水・メタノール噴射装置を搭載した発動機に換装したことにより最高時速も一型と比べて上がっている。ただ、一型に乗り慣れたキリエとしては、三型の操縦の節々に違和感を覚えた。様々な軌道を試してみたが、旋回半径なども自分が想定したものとかなり異なってしまう。とはいってもそこはさすがキリエで、持ち前の空間把握能力で素早く軌道を修正していく。

キリエは滑走路へと降り立った。キモノが風防の端に引っかかりそうになるも、注意して主翼へと出て行く。

すると、近くに誰かが駆け寄ってきた。ハカマとハオリ――ユーハングの正装に身を包んだ男性だ。キリエの脳裏に一瞬、思い出したくもないイヤな相手の顔がよぎったが、髪型が似ているだけで知らない相手だった。これから一緒に空を飛んでビラを撒くエリート興業の人だろうか。

「そこのお嬢さん！」

「何？　私になにか用？」

「下から見させてもらいましたよ。いやはや、凄い腕前だねぇ。用心棒でもやっているんですか？」

「まねー。そういうあなたは？　エリートの人？」

「エリート？　まあそうですねぇ、組織でも参謀を任されていますし。頭脳戦を得意とするエリート、といった感じでしょうか。第二の人事部長と呼ぶものさえいるほどです！」

「ふーん、ジンジブチョー」

「唐突ですが！」

びしっ、と男がキリエの鼻先に指を突きつけた。

「コトブキ飛行隊について君はどう思うかね？」

「コトブキについて？　どう思うって……」

キリエはつい先ほど、部屋でみんなに色々と言われたことを思い出す。チカとエンマには笑われ、ケイトとザラにはオイランが無理だと言われ、レオナからはお小言。心の中にふつふつと怒りがわいてくる。

「みんなサイテーって思ったよ！　散々、私のこと馬鹿にしてきて！」

「ほう！　サイテー！　個人的な確執でも？」

「あるね！　もうありまくり！　しょっちゅう！　確執！」キリエは歯ぎしりする。「なんかもうさ、空飛んでぎゃふんって言わせたい！」

「ほう、ぎゃふんですか！」

「うん、ぎゃふんて！」

「ならば話が早い！　半年前の戦いも知っているね？」

「半年前？」

「自由博愛連合と同盟軍の戦いのことですよ！」

（自由博愛連合……！）

ラハマやイケスカ上空での戦いの情景が、キリエの脳裏に蘇る。

「知ってるに決まってんじゃん！（イサオには）色々なとこを滅茶苦茶にされたかんね！」

「……そうです、その通り。（コトブキ飛行隊は）あの戦いで混乱をもたらした！」

キリエはラハマの街並みを眺め、遠くの第二羽衣丸を見やり、両拳を握る。

「あいつらがいなければ……」

「その通りです。富嶽は今頃……」男は唇を噛みしめた。「もう二度とあんなことを起こしてはならない。だからこそ今回の計画です！　これを機に、我々は復活するのです！」

「うん、だね！」

二人はうんうんと頷き合う。戦いの後の街に活気をもたらす。そのためのチンドン計画だ。

「だから君も、我々と一緒に一仕事する気はないかい？」

「？　する気も何ももう引き受けてるじゃん」

「！　ほう、気が早いですね！　だが協力的で助かります。あなたのような素晴らしい戦闘機乗りは大歓迎ですよ！　着いてきなさい、案内しましょう！」

「案内って待ち合わせ場所？」

「ええ、他の参加者も既に揃っています。全部合わせれば四十を超える大部隊ですよ」

「四十！　へー、気合い入ってるんだね」

「それはもう一世一代の計画ですからねぇ。いいですか、絶対にこの計画を成功させ――」

「絶対に成功させ――」

「「コトブキのみんなをぎゃふんと言わせるぞ！」」

青空の下に、二人の揃った声が響いた。

男は零戦に乗り込んだ。キリエも隼三型へと乗り込み、発進させた。この姿が似合わないだなんて言わせない。絶対に華々しい姿を見せて、チカたちを驚かせてやろう。

「ね、そう言えば、名前なんていうの？」

『おや、申し遅れました。私はカネスケと言います』

「ふーん、そっか。私はキリエだよ、よろしくね」

『おや……キリエ？』

「どうかしたの？」

『いえ、どこかで聞いたことのある名前に思いましたが……気のせいでしょう！』

零戦が先行し、隼はその後をついていく。

やして、格納庫からナツオが出てきた。

「おいキリエ！　喜べ、いい報告だ。お前のはや――ってあれ、キリエはどうした？」

「キリエさんですか？　なんか、零戦と一緒に飛び立っていきましたけど」

「なにぃ？」

＊

『こんなとこに待機してるの？』

「ええ、複数ある拠点の一つですよ」

『なんでこんな隠れるみたいに？』

「当然でしょう、初めから姿を晒(さら)すなど愚の骨頂です。向こうには我々の姿を見て、目を真ん丸にしてもらわねばなりませんからねぇ！」

『そっか、驚かせるつもりなんだ！』

「ええ！　その通り！」

キリエが男に連れてこられたのは岩山に囲まれた地形だ。エリート興業の砦(とりで)のように、天然の要害を形成しており、洞窟前には滑走路が整備されていた。ラハマから比較的近い場所にも、岩塩の採掘場跡などを利用した隠れ家が幾つかある。

キリエたちが降りていくと、何人かの男性が洞窟から出てきた。全員ハカマを身に着けている。

　どや顔をしたカネスケへとボスが近づいた。

「……おい、その隼三型はなんだ。ホマレはどうした？」

「ボス、それが色々と事情が変わりまして。ホマレの代わりにあの女を雇うことになりました。ただ実力は折り紙付きです。一騎当千、いえ、まさに一機当五！　彼女一人で五人分の働きをすることは間違いなし！　実質四十七人です！」

「おいお前ら、熱々の風呂を沸かしとけ」

「いやあああああ！」

　カネスケが羽交い締めにされ、洞窟の中へと連れられて行く。

「それにしても女？　ふん、女などが我らアクーローシに……」

　風防を開け、隼三型から女が降りてきた。それはキモノに身を包んだ、美しい女だった。キモノが邪魔になって戦闘機から降りにくそうだ。

（……む！　キモノ！）

　女が降りて、ボスの前までやってきた。

「キリエだよ、よろしく」

「むぅ……」

「わ！　疾風に紫電改に月光とか色々と揃ってるじゃん！」

　女は洞窟の中に並んでいる黒と白に塗装された戦闘機を見て驚きの声を上げている。仲間にするつもりなど微塵（みじん）もなかったが、キモノを着ていることがユーハングマニアであるボスに少し興味を抱かせていた。ボスは腕を組み、どうするか考え込む。

「納得いかねえなぁ！」

　唐突に一人のメンバーが声を上げた。でっぷりと太った壮年の男だ。

「こんなどこの馬の骨とも知れねえ奴を、部隊になんか入れられるか？」

「馬の骨じゃないよ、キリエだよ」

「知るか！　それにだ、隼ってのも気にいらねえぞ！」

　男はもともとアナグマ団という空賊のリーダーだった。搭乗機体は疾風。ラハマ近辺で仲間と空賊行為をしていた。だが、彼以外のメンバーは撃墜。その後、カネスケの勧誘により計画へと加担することになった。

「なんだとー！　隼は一番の機体なんだから！」

「量産されてるだけの軽戦が何を言いやがる！」

「言ったな！」

　キリエと男がにらみ合う。

「ボス、こいつと一戦やらせてくれ！」

「私も望むところだよ！」

　二人の様子を見ていたボスは黙って考え込んでいたが、こくりと頷く。

「……いいだろう。女、お前の実力を知りたい。ただし発砲はなしだ」

かくして、キリエと男の二人は機体へと乗り込む。

「へん、叩き潰してやらぁ！」

男には絶対の自信があった。何年も操縦士を続け、星の数も仲間内では多いほうだ。女、それも隼乗りなどに負けるはずがない。

だが――。

「……ぐっ、振り切れん！」

轟音とともに空をかけていく疾風だが、後ろにはぴったりと隼がついていた。軽戦だからといって舐めていた。優れた加速力と上昇力で、あっという間に後ろを取られてしまう。既に照準内に収められており、これが実戦ならば疾うに撃墜されている。

『はい、いま撃たれたよ！　私の勝ち！』

「……！」

無線から聞こえる声が、男の神経を逆撫でする。三週間前のことを思い出す。輸送船を襲うとしたが、たった二機の隼――コトブキ飛行隊に返り討ちにされ、自分だけ逃げ延びることができた嫌な記憶が。

既に勝負を終わったものとみなしたのか、隼は速度を落として滑走路へと向かおうとしていた。無防備に尻を晒している。

「……油断したてめえを恨みなぁ！」

男は照準の中に隼を収めた。発砲は行わない、という事前の指示は頭の中から吹き飛んでいた。負けたままなどプライドが許さなかった。機銃を掃射するが――。

隼は既に照準の中にいなかった。曳光弾が空を切る。

「な⁉」

隼はぴったりと後ろについている。木の葉落とし――機首を上げての急な失速、敵機体の後ろへと回ってからの急加速と急上昇。軽戦の隼、そしてキリエならではの技術だ。

『懲りないやつだな！　ほら、また私撃てるよ。もういいっしょ』

「……ぐううううう！」男は操縦席で唸った。


空戦を下で見ていたボスは、静かに頷く。疾風がまるで相手になっていなかった。女が恐ろしいほどの実力者であることはすぐに分かった。精鋭が揃っているこのメンバーの中でもトップクラスだ。戦力としては申し分ない。

「どうですボス！　戦力としては申し分ないでしょう！」

ドラム缶風呂に浸かり、真っ赤にのぼせたカネスケが叫ぶ。

「……ああ。俺と同等かもしれん」

先に疾風、次いで隼が滑走路に降りる。

ボスは隼から降りたキリエへと近づいた。

「見事だった。戦力として期待している」

が、当のキリエは何かに納得がいっていないのか不満そうだ。

「うーん、なんか調子が。服がひらひらしてるし、それに隼も……」

ぶつぶつ呟いていると、

「クソがぁ！」

疾風から降りた男が大声で怒鳴った。彼は懐から銃を取り出し、キリエへと向ける。撃鉄を起こし、引き金に指をかけている。

「小娘風情が舐めやがってぇ！」

「おい、馬鹿な真似は止せ！」

ボスは止めるが、男は頭に血が上っているのか聞く耳を持たない。撃ち抜くのは簡単だが、彼もまた貴重な戦力であり減らしたくはない。だがこのままではより実力のある女を失うことになる。仕方なく、ボスは懐に潜ませた銃に手をかけるが——。

「⁉　おい！　何のつもりだ！」

ボスが逡巡している中——キリエが前へと踏み出した。銃口を向けられているのに、まるで物怖じしていない。堂々と男に歩み寄っていく。

「来るんじゃねえ！」

怯えた声で男は言う。キリエは、腰につけている鞘へと右手を伸ばした。それを引き抜く——銀色に輝く長い刀身が姿を現した。キリエは男の喉笛へとカタナを突きつける。

「なに、やるの？　えと……コヨイのコテツは血にウェーテルでゴザール！」

キリエの言葉に、ボスは目を見開く。

「あれはシーセンギの……！」

キリエはにやりと笑って、刃(やいば)を首へと押し込む。ユーハングの映画で見たことがある光景だ。この威風堂々とした佇(たたず)まい。着ているキモノといいカタナといい、女が相当のユーハングマニアであることは間違いないらしい。

「あ……あう……」

男の指が震えて、拳銃を取りこぼす。彼は地面にがくりと膝をついた。

ボスは男に近寄り、襟を持って絞め上げた。

「お前、指示を破って負けた上にいきなり銃を向けるなど……恥さらしめが！」

だが、キリエが止めに入る。

「待ってよ、そんな怒ることないんじゃない？」

「……!?　だがこいつはお前を……」

「盛り上げてくれただけじゃん。ねえ、おじさん！」

キリエは笑って、ばしばしと男の背中を叩いた。

ボスを含め、一同は驚愕(きょうがく)せざるを得なかった。銃を向けた相手に対してもこの態度。一歩間違えれば撃たれていたかもしれないのだ。鷹揚(おうよう)というにはあまりにも心が広すぎる。

ボスは、男から手を離した。

「……いいだろう。女、お前に免じてこいつは赦(ゆる)してやる。この段階で仲間を減らしても、得なことはないからな。ただ、これ以降に余計な真似をすれば即カマユデにするぞ」

「ああ……」と頷く男。

「新入りの実力も知れた。計画実行も近い。最後の作戦会議を行う」

ボスは洞窟へと向かっていった。外に出ていた仲間たちも、ボスの後をついていく。

立ち上がった男が、キリエにぼそりと呟く。

「……負けたぜ、完敗だ。度胸も実力も、俺とは違い過ぎる」

「？　はぁ？」

とぼとぼと歩いていく男。一人残ったキリエは、首を傾げてカタナを見つめた。刃先を指でなぞるが、当然のごとく切れない。なぜならこれは模造品だからだ。

（いい感じ！　それにしては、他の人たちもやけに驚いてた気がするけど……）

あの男も、雰囲気作りのために銃を出して演技してくれたのだろう。それに対してキリエも模造カタナで対抗したが、さすがにみんな驚きすぎではないだろうか。

思った以上に、チンドンは賑(にぎ)やかで楽しいかもしれない。

キリエは、洞窟へと駆けていった。

テーブルの上に地図が広げられている。ラハマとその周囲の地形が描かれている。

「作戦はこうだ」ボスが地図を指さす。「我々、精鋭部隊がいるのはここだ。まず、もう一つの大編隊がラハマに向かう。恐らく、自警団が出てくるだろう。さらにはコトブキもな。そこで精鋭部隊が反対側から行くという作戦だ」

「え？　自警団とコトブキも出てくるの？」とキリエ。

「当然だろう」

「ふぅん」

そんな話はレオナたちから聞いていなかった、とキリエは首を傾げる。あの後で、エリート興業と話し合いでもしたのだろうか。

「皆が大編隊に気を取られてる間に私たちが出る。こっちが本命でいいんだよね？」

「そういうことだ。恐らく、コトブキは反対側へと行く。そこで我々は手薄になった第二羽衣丸を狙うというわけだ」

「へぇ～羽衣丸まで行くんだ。なんかそれならさ、ただ飛ぶだけじゃつまらないよね」

「……？　どういうことだ」

「羽衣丸の上で全員宙返りするとか！　そのほうがみんな驚くだろうし」

「……！」

話を聞いていた他のメンバーの目が一斉に見開かれた。あれ、とキリエは首を傾げる。

「私、なんか変なこと言った？」

「変なことってお前」先ほど戦った男が言う。「そんな余裕あると思ってんのかよ……？」

「ええ？　別に余裕でしょ、宙返りくらい」

黙りこくっていたボスが口を開けた。

「……聞いたことがある。本当かどうかは知らんが、ユーハングにいたとある飛行機乗りたちは、敵地の真上で編隊宙返りをしてみせたと。それに敬意を払ってのことか？」

「そうなの？　それは知らないけど」

ボスは黙っていたが、やがてふっと笑った。

「面白い。やってみるか」

「ボス！　正気ですか！」と部下たち。

「奴らに屈辱を味わわせてやる。しかしお前には本当に驚かされるな、コンドウ」

「……誰？　キリエだよ。っていうかそうかな？　別に大したこと言った覚えはないけど」

「謙遜するな。お前とは仕事の後でユーハング酒を飲みかわしたいよ……イサミ」

「いや、だからキリエなんだけど！　ってか私お酒は飲めないいんだよね〜」

「そうか。よし……お前にこれをやろう」

ボスはキリエへ隊員たちとお揃いのハオリを差し出した。

「機体の塗装は間に合わないが、気にするな。これをもってお前もわが部隊の一員だ」

「えー、キモノの上にさらに着るの暑そうだけど……」

キリエはしぶしぶとハオリを羽織った。その姿を見てボスは満足そうに頷く。

「うむ、似合っているな」

「え……そう？」

ボスから褒められ、キリエは思わずへへっとはにかんだ。

ボスは手を前にばっと出し、号令をかける。

「第一部隊が出るまで、あと二時間だ。我々はその三十分後に出る。各自、機体の燃料補充と

最終チェックを行え！　我らアクーローシ、この作戦を絶対に成功させるぞ！」

「「「応っ！」」」

キリエと隊員たちの声が、洞窟に響いた。

「キリエ？　戻って来てないけど」

第二羽衣丸を訪ねてきたトリヘイに、チカは答えた。場所はラウンジ代わりに開けてもらったジョニーズ・サルーン。キリエを除くコトブキ飛行隊五人が卓についていた。

ハカマを身に着けたトリヘイは、ぼりぼりと顎(あご)を掻(か)く。

「姿が見えないからこっちかと思ったんだがな。もうそろそろ予定の時間だぞ？」

「またどこかでパンケーキでも食べているんじゃありませんの？」とエンマ。

「そこらを飛び回っているなんてことも十分ありそうだけれどね～」とザラ。

「隼三型はあいつに貸し出ししてんだ。あれもうちに残った重要な資産の一つだからな。万が一、傷物にでもされちゃあ敵(かな)わん。見つけたら、俺に連絡を入れてくれ」

「分かった。戻ったらすぐに伝えよう」

レオナが頷くと、ブゥ――――っと艦内の警報が響いた。

「なんだ？」レオナが立ち上がる。

と、そのときジョニーズ・サルーンへとマダムが入って来た。手にはキセルを持ち、優雅な微笑みを浮かべている。

「あなたたち、早々に仕事よ」

「空賊ですか?」とレオナ。

「ええ、空賊の大編隊が街の反対方向から向かっているわ。零戦や隼などの混成部隊。その数、三十機以上」

「三十機⁉　それはまた随分と多勢ですわね」とエンマが驚く。

「以前のエリート興業と同程度の機数」とケイト。

「俺たちはもう足は洗ったぞ!」トリヘイが抗議の声を上げる。

「自警団が迎撃の準備をしているわ」とマダム。「ただ、彼らだけでは力不足かもしれない。あなたたちもすぐ出撃して。ラハマ護衛の依頼は正式に受けてるし、ボーナスはたっぷり弾むわ」

「ボーナス!」

その言葉にやる気を出し、一同は気炎を上げて立ち上がる。トリヘイと姐さんも、迎え撃つ準備をするようだ。ただレオナは何か思案げな顔をしている。

「レオナ、どうしたの?」とチカ。

「……マダム、空賊たちの目的はなんだと思いますか?　事前に声明などは?」

「何もなかったそうよ。強襲ね」

「雷電が目的か?　いや……」

考え込むレオナにしびれを切らしたのか、チカが叫んだ。

「なんでもいーじゃん！　空賊なんだから早く撃退しにいこうよ！　私さっきからうずうずしてんだから！　ひっさびさだからね、全機墜としてやる！」

「まったく、キリエはこんな時にどこ行ってますの？」

意気軒昂に、腕をぐるぐると回して飛び出していくチカ。エンマとケイトも後を追うが、ザラは黙りこんだまま動かないレオナをじっと見つめている。

先日、エンマたちが持ち帰ってくれた情報により、ラハマへの大規模な襲撃の可能性は想定されていた。だからこそオウニ商会にも事前に護衛依頼が来ており、こうしてすぐに迎撃に出ることができる。

だがレオナにはずっと気になっていることがあった。自由博愛連合の過激派と、ただの空賊に過ぎないはずのアナグマ団。彼らはなぜ手を組んだのか。彼らに共通する、「ラハマを襲う理由」があるとすれば――。

レオナは、真剣な表情で顔を上げた。

「……マダム、今回の迎撃作戦に関して提案があります」

「聞きましょう」マダムは嫣然と微笑みを浮かべた。

滑走路にはラハマ自警団の飛行機が多く並び、発進準備を整えていた。ほとんどが九七式と赤とんぼだが、その中に一機ずんぐりとした緑色の機体があった。ラハマの守り神、雷電だ。

『へへ、腕が鳴るぜ。訓練の成果を見せるときが来たな』

搭乗者は町長ではなく、自警団メンバーのトキワギ。無線から聞こえてくる彼の弾んだ声に、九七式に乗った自警団団長は顔を顰めた。

「トキワギ、注意しろよ。お前はまだその機体に慣れていないんだ」

『分かってるよ、団長！　よし、初めての星はあいつらだ！』

「……。ラハマ自警団、出るぞ！」

団長を先頭にして、九七式が滑走路を走り始めた。主脚が地を離れ、ふわりと宙に浮かびあがる。遠くの空に、まだ空賊の姿は見えない。

「オウニ商会の情報通りなら、敵の実態は寄せ集めだ。恐らく統率は取れていない。こちらは編隊を崩さず、敵を対空砲へと誘いこみ着実に撃破していくぞ」

『はい！』と団員たちの決意に満ちた声。

半年前、ラハマは富嶽に襲撃された。富嶽を撃退できたのも、自由博愛連合に取り込まれず自治独立を貫くことができたのもコトブキ飛行隊のおかげだ。だが、いつまでも彼女たちに頼っているだけでは駄目だ。町民たちは、自分たちで何とかしようとする強い意識を持ち始めている。今こそ、それを示すときだ。

遥（はる）か遠くの空に、豆粒ほどの小さな機影が幾つも見え始めた。その数は三十機以上。空賊たちのお出ましだ。

今までの自警団なら、この数の空賊にはなすすべもなかっただろう。だが、イケスカ動乱以来、ラハマ自警団は戦力が増えており、多くの訓練を重ねてきた。

自警団は編隊を組み、空賊へと突き進む。

空賊たちが襲来してきたその逆方向。荒野の低空域を十数機の機体が飛んでいた。先頭を行くのはボスが乗り込んだ機体、零戦五二型だ。その中にはキリエの乗る隼三型の姿もあり、紅一点の機体は白と黒の集団の中でとても映えていた。

(宙返りして、これを大量に空からバラまけばいいんだよね?)

キリエの隼には、「ハーヴィー」の名や地図が描かれたビラがわんさかと詰め込まれていた。

『自警団が出てきて、第一部隊と接触した』ボスからの無線が入った。『恐らく、コトブキも出ている。我々は手薄になった反対側を叩くぞ』

『応!』と仲間たちが返事をした。

第一部隊と自警団、さらにはコトブキによるチンドンが始まったらしい。

「でもコトブキも出るなんてなんか意外」

『意外ってのはなんだ?』疾風に乗った男が問いかけた。

「いや、レオナってそういうのに参加するイメージあまりなかったから」

『レオナ?　誰だそりゃ』

「コトブキの隊長」

『随分と親しげに言うな』

「?　そりゃそうじゃん?」

『なるほどな。お前ほどの操縦士でも随分な目に遭わされたってわけだ……』

「そう！　もういつも怒鳴られっぱなしで」

『怒鳴られ……？』

なんだか噛み合わない会話をしている中、ボスからの連絡が入った。

『総員、聞け。想定外だ。コトブキ飛行隊が出てきていない』

『なんだとぉ？』と疾風の男。

『奴ら、第一部隊を自警団に任せて滑走路に待機していたようだ。我々の動きを予め読んでいたようだな。……こちらへ出てくるぞ。総員、警戒しろ！』

「警戒？　何を？」無邪気に聞き返すキリエ。

『警戒する必要すらないってか。へへ、さすがだな……』

『来たぞ』とボスの声。

地平線の向こうには、ラハマの街並み。滑走路には巨大な第二羽衣丸が停留していた。そこから飛び立つのは五機の戦闘機。迷彩を施した隼、コトブキ飛行隊だ。

『コトブキだ――アクーローシよ、存分に暴れろ！　討ち入りだ！』

周りの機体は統率などお構いなしといった感じで、一気にばらけた。キリエは正面に二機の隼を確認する。チカとエンマの機体だ。

「っていうかみんな、なんでこっちに向かってくるの？」

こっちへ来ても荒野が広がっているばかりだ。ビラは街の上で撒かなければ意味がないし、宣伝にもなりはしない。キリエは主翼を左右に振ってバンクした。二人に自分だと気づかせるためだ。チカの機体が飛び出し、真っすぐ向かってくる。

そして——ダダダダダと、十二・七ミリが火を噴いた。

「はぁ⁉」

キリエは機体を急速に右旋回させる。弾丸が機体の傍を掠めていく。あと少しでも反応が遅れていれば正面から撃ち抜かれていた。

「バカチ！　なに考えて……！」

銃撃を躱したキリエだが、チカの後ろにはエンマが控えていた。躱したキリエを目がけて、エンマの隼が掃射をする。キリエは無理に機体を旋回させて、またしても銃撃を躱す。

「エンマまで！　なにこれ、どういうこと⁉」

『おい、なんで撃たねぇんだ‼　墜とされてえのか！』疾風から無線が入る。

ここに来てようやくキリエは違和感を抱いた。

「なにこれ模擬戦⁉　どういうこと！」

『模擬だと？　馬鹿なこと言ってねえで——』

ドォン、と無線から大きな音。

『がぁ！　ちくしょうめ、コトブキィ！　アナグマ団は不滅——』

見ると、疾風が主翼から火を噴いている。高度を落としていき、荒野へと突っ込んでいく。

撃墜したのはチカの機体だ。

「これ——もしかして模擬戦じゃない⁉」

『模擬戦？　何を言っているキョクチョー』とボス。

「だから誰だよ⁉　キリエだ！　わざと間違えてんだよねそれ⁉」

『真面目にやれ。イサオ様の遺志を継ぐ、我ら真の自由博愛連合ことアクーローシが、奴らコトブキ飛行隊を殲滅(せんめつ)するのだ』

「……は⁉」


レオナの読み通り、大編隊はおとりだった。敵の本当の目的は、襲撃地点とは逆にある第二羽衣丸——コトブキ飛行隊への復讐(ふくしゅう)だ。予め待機し、発進準備をさせていたことが功を奏した。

ただ、一つ予想外のことがあったが。

「チカ、見ました⁉」

エンマはたったいますれ違った隼三型を振り返る。

『何が？　くっそ、ちょこまか逃げて！　っていうかさ、あの赤いのエリート興業の機体じゃん！　何で向こうにいんの？』

「その赤い三型！　あれ乗ってたのキリエに見えましたわ！」

『は⁉　キリエのバカなにやってんの⁉』

『エンマ、どういうことだ？』とレオナの声。

「敵部隊になぜかキリエが交じっています！」

『あいつ、何を考えているんだ……！』

「自由博愛連合……⁉　なんで？　なんでなんで⁉」

キリエは必死に頭を巡らせる。どうして自分がそんな編隊に入っているのか。コトブキと敵対しているのか。だが頭を巡らせても答えは一向に出てこない。

ただ一つだけ分かるのは——。

キリエの前を一機の月光が飛んでいる。照準器を覗き込み、キリエは左手でボタンを押した。プロペラの合間を抜けて放たれた弾丸が、相手の機体へと吸い込まれていく。相手の左エンジンから炎が出たのを見極めてから、キリエは素早く離脱する。

『てめぇ！　裏切りやがったなぁ！』と月光の操縦士。

「裏切るって誰がそっちの仲間になんてなるか！　私はコトブキ飛行隊のキリエだ！　なに懲りずにラハマを滅茶苦茶にしようとしてんの⁉」

キリエは風防を開け、ボスから貰ったハオリを脱ぎ捨てる。

『コトブキだぁ⁉』無線から驚きの声が一斉に返ってきた。

コトブキ飛行隊五機と、空賊たち十数機による低空域での乱戦。だが一機が実は敵だったと判明し、空賊側は皆が混乱していた。離脱し、一時的に静観しようとする機体の姿さえある。

そんな中、キリエは背後から一機の機体が真っすぐに飛んでくるのを見た。一切の迷いなく、キリエに狙いを定めている。

零戦五二型――ボスの機体だ。

　ぶぶ、と無線からかすれた声。

『そうかキリエ……キリエか。どこかで聞き覚えがあった。コトブキ飛行隊、疾風迅雷のキリエとはお前のことか。残念だよ、気が合うと思っていたのだがな……』

「なんなのこれ！　ビラ撒きかと思ったのに全然違うし！　チンドンじゃないの！」

『ちんどん？　それもユーハングの文化だな？』

「キモノ着てどんちゃん騒ぐんでしょ⁉　だからこんな服を着てんのに！」

『何を言っているか分からんが……』

「酒場の宣伝！　イジツ中が大変なことになって、みんなが頑張ってるのに……こんなことして何になるんだ！　戦いはもう終わってるでしょ！」

『それは貴様らの話だ。我々の戦いはまだ終わっていない』

「はぁ⁉」

　零戦が後ろへとついた。キリエはスロットルを開き、加速。だが零戦もぴったりと追いついてくる。二人は次第に乱戦の空域を離れていった。

『お前たち、コトブキ飛行隊を墜とすまではな！　覚悟しろキラコーズ！』

「キーリーエーだー！　いいよ、その気なら受けて立つ！」

　一対一だ。

　相手からの銃撃。機体を横滑りさせて躱すもこの状況は不利だ。

キリエは息を吸い込んだ。

フットバーを蹴りつけ、操縦桿(そうじゅうかん)を倒す。視界がぐんと大きく回転した。身体全体に締め付けられるような重い負荷。内臓がぎゅっと押し出される感覚。

バレルロールで相手の後ろを取ろうとしたキリエ。

だが、ガガガガ、と振動が走る。

「!?」

主翼に被弾している。零戦はキリエの後ろについており、位置関係が変わっていない。キリエは右へとフェイントをかけてから、左旋回のバレルロールを試みていた。それにもかかわらず読まれていたのか――敵が先に下がり、位置を予測して撃ち込まれた。

「こいつ……やる！」


「キリエのやつ……勝手にいなくなったと思ったら何やってんだ！」

外に出ているナツオは双眼鏡を取って、空戦の様子を見つめていた。キリエと一対一で戦っている零戦、かなりの腕前だ。キリエが防戦一方に追い込まれている。

（いや、問題はそこじゃない……！）

レオナたち五機は別の機体で手いっぱいだ。敵はかなり熟練の操縦士揃いらしく、そちらも苦労している。キリエのカバーに回ることはできそうにない。

「くそ、せっかく調整したってのに……」

ナツオは振り向き、格納庫にある一機の戦闘機を見つめた。双眼鏡でもう一度空戦の様子を振り返る。隼三型は零戦にケツを取られている。蛇行してなんとか銃撃を躱しているが、決着は時間の問題だろう。

ナツオは覚悟を決めた表情で、格納庫へと向かった。

「おい手伝え、それを発進させるぞ!」

整備員が困惑した表情を浮かべる。

「でも班長! 操縦士がいません!」

「バカモーン、一人いるだろうが! それと返事は短く! 分かったか!」

「……うす!」

キリエはフットバーを蹴りつけた。機体を横滑りさせて、後ろからの掃射を躱す。フェイントをかけてから、逆方向への急旋回。だが、今度も後ろから零戦がぴったりとついてくる。振り切ることができない。再び敵が掃射。またフットバーを蹴りつけるも間に合わない。始動が遅い。機体に衝撃が走る。主翼を銃弾が掠めたようだ。

「くそっ! なんで躱せないの!」

『そんなものかコトブキ飛行隊! 我らアクーローシの前には手も足も出んようだな!』

「〜っ!」

キリエの頭にかぁっと血が上る。敵が強いのは間違いない。だがなんというか、キリエには納得のいかないところがある。自分の操る隼が、肝心なところで思うように動かないのだ。

　風防前にある無線アンテナが被弾し、吹き飛んだ。張ったケーブルが外れ、後方へと飛んでいく。後ろにはなおもぴったりと零戦が引っ付いていた。

（やばい、やばいやばい――！）

　ダダダダダ――と空中に曳光弾の軌跡が光る。だが、キリエの機体に衝撃はない。それも当然で、なぜなら今のはキリエの後ろにぴったりとついた零戦を狙った掃射だった。零戦は危険だと判断したのか、急旋回をして離れていく。

「え……？」

　撃ってきた方向は斜め下だ。見下ろすとそこを一機の機体が飛んでいた。迷彩模様を施してある隼一型だ。機体に描かれたマークを見て、キリエはあっと驚く。

「あれ、私の隼⁉」

　間一髪でキリエを助けに入ったのはレオナでもザラでもケイトでもエンマでもチカでもなく、キリエ自身の隼だ。修理中のはずなのになぜ、そもそも誰が乗っているのか。

　キリエと隼が並んだ。

　風防の中に見えたのはタンクトップを着た小柄な女性――ナツオだ。

「班長⁉」

　ナツオは風防を開けこちらへと何か叫んでいる。

　キリエもまた風防を開けて叫び返すが、声は届かない。

（そもそもなんで班長は私の隼に乗って……）

疑問に思う中、キリエの脳裏をある光景がよぎった。

ラハマの襲撃、エリート興業の機体――前もこんなことがあったではないか。雷電目当てで襲撃してきたエリート興業のトリヘイ、彼は何を行ったのか。

（……そういうこと！）

キリエは機首を上げ、ナツオの乗る隼の上へと重なると同時に機体を回転させ、背面飛行へと移る。ナツオの隼一型とキリエの隼三型は、風防を向かい合わせる形で重なって飛んでいる。キリエは機体の速度を限界まで落とし、機体同士をぎりぎりまで近づけた。頭に血が上る。下に見えるナツオが大声で何か叫んでいる。位置関係を修正し、キリエはそのまま操縦席から落下した。というより下の隼へと向かって飛び降りた。開いた風防から風防を通じて、隼一型の操縦席へ。どすんと落ち、乗っていたナツオが「ぐはっ！」と声を上げる。

ナツオはすぐさま左へと旋回する。上空にある無人の隼三型はコントロールを失い、錐揉み回転をしながら荒野へと墜ちていく。

キリエは額に滲んだ汗を拭った。

「ありがと班長！　このために持ってきてくれたんだ！」

キリエが思い出したのは、エリート興業によるラハマ襲撃事件だ。あのときトリヘイは空中で雷電に乗り移った。同じことがキリエにもできるとナツオは思ったのだろう。だから隼でここまでやってきて、キリエはそれに応えた。

が、キリエの下に敷かれたナツオは大声で怒鳴った。

「バカヤロウ！　お前ってやつはまたとんでもない無茶しやがって！」

「ええ⁉　なんで怒られるの⁉」

「乗り移れって、んなわけあるか！　私はただ隼に乗り込んで、お前の窮地を救おうと思っただけだ。んなトンチキなこと考え付いて実行に移すなんて思うか！」

「でも班長、私のやりたいことすぐ理解してくれたじゃん！　息ぴったりだったし！」

「百回やったとして九十九回は失敗しただろーがな……」

「っていうか班長、なんで私の隼に？　修理中だったんじゃ……」

「ああ、それはな――」

隼の修理が終わったのは、本当についさっきのことだった。今はどの街でもパーツが品切れで、納品の目途は立っていない。だが日中、ナツオの下をとある人物が訪れたのだ。ナツオがアレシマで救助した操縦士の親分だという。彼女は部下がナツオに救われたことを恩義に思っていたらしい。そしてナツオが隼の部品を探し回っていたことを知った彼女は、それを運んできてくれたのだ。

「タネガシのナントカ一家って言ってたか……。義理や人情がどうとかで、借りは必ず返す主義らしい。いや、そんな話はどうでもいいか。とにかく隼は完全に直しといた、調整もばっちりだ。後はお前に任せるぞ、キリエ」

「うん、ありがとう班長！」

振り返ると、離脱した零戦が戻ってきている。

落下傘を背負っているナツオと、キリエが場所を入れ替わる。ナツオは風防へと足をかけた。

「あの零戦操縦士、かなりのやり手だな」

「うん、強いよ。ただ人の名前を全然覚えないけど……」

「でも問題ないな」

「え？　なんで？　名前は覚えてほしいよ！」キリエは首を傾げる。

「そっちじゃなくて強さの話だ！　さっきまでは乗り慣れてないうえに、エリートの若いのが整備した三型だろ。お前の全力を出し切れなかっただけだ。今は、何年も乗ってきたお前の愛機。それも私が完全に整備済みだ。勝てない道理がない」

「――うん！」

「かましてこい！　墜とされたら口からエンジンオイル突っ込んでやるからな」

ナツオはそう言い残し、隼から飛び降りた。宙で落下傘が開く。

「ようし！」

キリエは気合いを入れぐっと、操縦桿を握り直す。

その直後、

『バカキリエー！』

と無線からいきなり罵倒が響く。チカの声だ。

『何やってんだよもう！　どうして敵側にいたわけ⁉』

「うっさいバカチ！　色々あって大変だったんだから！」

『その色々はあとでじっくりと聞かせてもらう』

「げ……レオナ！」

キリエは背筋を震わせた。たっぷりと絞られ、説教をされることが確定してしまった。

『……とにかくだ。ひとまず無事でよかった。そっちの零戦は大丈夫か？』

キリエは後ろを振り向く。零戦はこちらへと近づき、再び巴戦へと入ろうとしている。

「大丈夫、私が勝つ！」

『そうか、分かった。それではみんな気をつけろよ』

『ちょっとレオナ』とザラが交じる。『あれ言い直してよ。キリエは聞いてないでしょ？』

『あれ？　ああ……』とレオナ。

『六人揃ったのは本当に久々ですものね』

『エンマに同意。ケイトも聞きたい』

六人が黙り、無音になる。レオナがすぅっと息を吸い込む音。

『コトブキ飛行隊――一機入魂！』

『『『『『はい！』』』』』

五人の声が響く。

それが第二幕の合図となった。

距離を詰める零戦――キリエはフットバーを蹴りつけた。

ボスの眼前に迫る、迷彩模様の隼一型。撃ち墜とす――とスロットルを押し込もうとしたところで無線が入る。街の反対方向、自警団と交戦している部隊の隊長機からだ。

『ボスボスボス!! 聞いてくれ！ もうすぐ全滅しそうだぜ！』

「分かった。自警団を片付け次第こちらへ合流しろ」

『違う！ 逆だ、俺たちが全滅しそうなんだあああ！』

「……なに？」

ボスは耳を疑った。部隊は三十機以上、中にはそこそこ名の知れた空賊もいる。それに敵は九七式と赤とんぼ、あとは雷電が一機あるだけのはず。おまけにコトブキもいないのだ。そんな自警団ごときに負けるとはとても思えなかった。

『あいつら、予想以上にやりやがる！ 町民も出てきて対空機銃を上手く使いやがるし！ おまけに隼三型や彗星、雷電も出張って……いや、雷電はへっぽこだな！ それにこっちは武器が駄目だ！ チクショウ、あの赤紫髪の運び屋だ！ あいつ機銃か何かをいじってやがった！ 換装した奴らは暴発でまともに撃てない――ガァァッ！』

無線の向こうで大きな爆発音が響いた。

「……！ おい、おい、おい！」

返答はない。撃墜されたようだ。

ボスは一度、深く息を吸い込んで吐き出した。

向こうの情勢も気になる。だが今は、目の前の隼だ。

機体を変えたからといって何なのか。それも一型から三型ならともかく三型から一型。苦し紛れの抵抗だ。ここで疾風迅雷のキリエを墜とした後は仲間の支援に向かい、残り五機を墜とす。そしてその後は羽衣丸を破壊し、自警団を片付ける。

だが――。

（……！　どういうことだ）

前を飛ぶ隼が、機体を横滑りさせる。ボスの撃った弾は機体の横を抜けていく。動く位置を予想しようにもフェイントで揺さぶられる。始動が早く、追いつけない。先ほどとは打って変わり、零戦五二型から放たれる機銃を命中させるイメージがわかない。キレが違う。

（まるで別人が乗っているようだ。いや――）

これが本来のコトブキ飛行隊――疾風迅雷のキリエなのだろう。

（これが天上の奇術師を退けてみせた実力か……！）

前を行く隼が上昇する。追いかけるが、隼は急に機速を落とした。機体全体を抵抗にして素早くブレーキをかけ、零戦の後ろへと回り込む。そして隼は、即座に加速。今までこちらが追いかける側だったが、今度は逆に後ろへと回り込まれた。

（まずい！）

隼が機銃を撃つ。蛇行して飛ぶも位置を予測されている。何発かが尾翼を掠めた。ボスの乗る五二型は元々防弾ガラスを搭載していたが、機動に自信のあったボスは重量を削るため取り外していた。少しでも弾が当たれば危険だ。何としてでも後ろへと回り込まねばならないが振り切れない。後ろを取ることができない。

(このままでは――)

ボスの頬を汗が流れる。

蛇行して掃射を躱すも、墜とされるのは時間の問題だ。

自身の弾数も少なくなっている。

息をゆっくりと吐き出す。ボスの眼光が獣のようにぎらりと光った。

「――仕方あるまい!」

出したくはなかった。

ボスは操縦桿を引き上げ垂直に上昇――宙返りへと入った。

必然、後ろの隼もそれを追う形となる。

宙返りの頂点、左のフットバーを蹴りあげる。機体を空中で横滑りさせ、宙返りの最中に失速させる。停止寸前の機体、その機首をすぐに前へと戻し加速。

宙返りの最中に失速と加速をすることにより、相手を前へと押し出す。

その名を、捻り。

繊細な操作を要求される、極一部の操縦士しかできない高等技術。その上、捻りは実戦向けの技ではない。これはどうしても自分が追い詰められたときの最後の手段だ。

(ここまで俺を追い詰めるとは、敬意を表しようコトブキ)

これが、隼一型に対する最初で最後のチャンスとなる。ここで、何が何でも墜とす。後のことを考えている余裕などなかった。ボスは全ての弾丸を撃ち尽くそうとした。

「俺の勝ち——だ？」

だが目の前に、隼の姿がない。

「……なに？」

頭が一瞬、真っ白になる。遅れて、全身から脂汗がぶわりと噴き出した。

そして——ガガガガという轟音と振動が、機体を襲う。右の主翼が大破し、ぼうっと大きな炎を上げた。機体が制動を失い、降下していく。

「な……!?」

ボスには何が起こったのかさっぱり分からない。いきなり隼が消え、見えないところから銃弾を撃ち込まれた。狐につままれたようだ。

降下していく中、ボスは自分の背後にぴったりと隼がついていたのを見た。それで悟る。なぜ、自身が捻りをしたにもかかわらず隼が後ろにいるのか。答えは簡単だ。こちらの行動は読まれていた。隼もこちらと重ねるように、捻りを行ったのだ。互いに減速していれば、位置関係は元のまま変わらない。

「コトブキイイイィ！」

頭上を悠々と飛ぶ隼を見ながら、ボスは咆哮した。

眼下を墜ちていく零戦をキリエは眺めていた。強い相手だった。何百もの戦闘経験を積んできたキリエの中でも、記憶に残るほどに。

ただそれでも――及ばない。

「もっと強い零戦の操縦士なら知ってる」

彼女に、キリエは今まで何回と墜とされてきたのだから。

無線を通じてボスが墜とされたことが伝わったのか。残っていた空賊たちの動きに、動揺が見られた。そうなってしまえばこっちのものだ。敵の混成部隊と、息の合ったコトブキ飛行隊――結果は火を見るよりも明らかだった。次々と撃墜されていく。

『やりぃ！』

チカが鐘馗（しょうき）を墜とす。向こうに点ほどになり、空戦域を離脱していく零戦二一型の姿が見える。敵部隊の一機だ。チカは機体を翻し、零戦を目がけて加速していく。

『逃がすか！』


「ひぃいいいいい！」

一機の隼が追ってくるのに気づき、カネスケは情けない悲鳴を上げた。自分の実力では絶対に敵わない。彼は無線へと必死に呼びかける。

「繰り返します！　計画は失敗、計画は失敗です！　味方部隊は私を除いて全滅！　そして私も間もなく撃墜されそうです！　今すぐこちらへと救援を差し向けてください！」

無線の向こうでしばし沈黙が続く。

『……えっと？　あなた誰でしたっけ？』

返ってきたのはねっとりとした男の声だ。

「こんなときにご冗談を！　私です！　カネスケです！　あなた様の忠実な部下！　右腕！　あなた様の後を継ぐと称されるエリートのカネスケです、ヒデアキ様ああああ！」

『……カネスケ。あーあー、思い出しましたよ。んん、なるほどねえ。状況はかなりまずいようですねえ。おお、とてもいい名案を思い付きましたよ！』

「名案を！　さすがですヒデアキ様！」

カネスケは感動の涙を流した。やはり自分が目標としてきた人物は——ヒデアキ様は素晴らしい。空賊をまとめる計画を立案し、部隊の参謀役を任せてくれ、そしてこの窮地で自分を救う方法を提案してくれるとは。カネスケはその名案に期待を膨らませる。

『そのまま撃墜されましょう。あなたが消えれば私へと繋がる証拠は残りませんからねえ！』

「はい！　さすがです……って、え？　えええええええええええええ!?」

『それでは御武運を』

「ヒデアキ様!?　ヒデアキ様ああああああああああ！」

カネスケは疾うに切られた無線へと呼びかける。次の瞬間、零戦の右主翼が吹き飛んだ。機体は制動を失い、煙を噴いて、乾いた大地へと吸い込まれていく。

「見通しが少し甘かったですかねえ。腕が立つユーハングマニアの戦闘機乗り。間抜けなものの私へ強く忠誠を誓う男。多少は使えるかと思いましたが、まさかこの程度とは」

深々と椅子に座っているのは、丸眼鏡をかけたおかっぱ頭の男。エリート興業の元人事部長にして自由博愛連合の幹部、ヒデアキ。彼はくいっと丸眼鏡を押し上げる。

彼が画策したのは空賊どもを利用してのコトブキ飛行隊ならびにユーリア派の排除。忠誠を誓う部下の男に任せてみたが、失敗に終わったようだ。

「それにしても、まさか私の古巣であるエリート興業まで出張ってくるとは思いもよりませんでしたねぇ。まったく！　私の五式を奪ったこととといい実に腹立たしい！」

ヒデアキは歯ぎしりした。イサオなき今、自由博愛連合党首の座は空席のままだ。今現在のイケスカにおけるヒデアキの地位を考えれば、業績次第ではそこへと滑り込める。

「ふん、まあいいでしょう。まだ利用できそうなものは沢山ありますからねえ！　ムフッ！」


『全員無事か？』とレオナからの無線。

『ええ』『問題ありませんわ』『無事』『よゆー！』

「大丈夫だよ！」とキリエも答えた。

『そうか……。それじゃあキリエ、降りてゆっくりと話を聞かせてもらおうか』

レオナの重々しい言葉に、他のメンバーは思わず息を呑む。

「……ふふ」

だが叱責される張本人、キリエは笑いだしそうになっていた。

『キリエ……何を笑っているんですの？』

『レオナに怒られるのが怖くて頭おかしくなったんじゃない？』

「違うよ！　そうじゃなくて……楽しいなって」

『はぁ？』

キリエはこの三週間、ウェイトレスとして働いた。苦痛でしかたなかった仕事にも徐々に慣れ始め、少しずつ喜びを見出せるようになっていた。

それでもやはり――。

「私はこうして皆と、隼で飛んでいるのが一番だなって！」

操縦桿を身体に引き付ける。上昇して、第二羽衣丸の上まで行き、宙返り。地上では感じられない身体への負荷。手のしびれ。身を刺す寒さ。それが何だかとても心地よい。

チカの隼が寄ってきた。

風防越しに、彼女がにかっと笑っているのが見えた。

『バカキリエ、そんなのあったり前じゃん！』

第二羽衣丸の横にドードー船長とサネアツが出ていた。船長はグワァっと大きな声で鳴くと、毛並みの整った翼をぶんぶんとはためかせ浮かび上がる。

街の反対側、自警団も勝利したという報が入った。リリコの工作やエリート興業の助勢もあったとはいえ、三十機以上の敵機を、自警団が撤退させたのだ。滑走路には被弾した九七式が並んでおり、整備員が総出になっていた。

雷電から降りたトキワギが、どや顔をしている。

「やはり雷電は俺にふさわしいようだ団長。見たか、俺の活躍を？」

「……エリート興業に救われていなかったら撃墜されていただろ」

トキワギについてはさておき、ラハマ自警団は予想以上に健闘した。何機かの敵は逃したものの味方側に致命的な損害はほぼない。彼らは着実に強くなっていた。

別の一角にはエリート興業社員たちの赤い機体が停まっており、彗星の傍らにはトリヘイと姐さんの姿がある。

「あ、どこ行ったのかと思ってたよ」とキリエ。

「こっちの台詞だ！」とトリヘイが怒鳴る。「まぁ、信頼を取り戻すチャンスだからな。協力させてもらったぜ。それよりお前——どうして一型に乗ってんだ？　俺が貸した三型は？」

「え？　三型……あーっ……」

トリヘイの言葉に、キリエは目を逸らす。

「あーってなんだ。……お前まさか！」

一陣の風が滑走路を吹き抜けた。空を舞っていた酒場のビラが何百とラハマの街へ飛んでいく。キリエが隼三型に積み込んでいたものだった。

終章

荒野の果て

THE MAGNIFICENT
KOTOBUKI

眼下に広がるのはラハマの街並み。頭上に広がっているのは雲一つない真っ青な空だ。太陽からは燦々（さんさん）と陽光が降り注ぎ、風防を貫いて肌をじりじりと焼く。

ラハマの上を、迷彩模様の隼（はやぶさ）一型六機が飛んでいた。

『いく～ぞ、コートブキひっこーたい！』

「……」

『きっぽーの朝が来る～～～～！』

「……ちょっと、さっきからその歌を止（や）めてよ」

『あ、マーローちゃん！　マーローマーローマーローちゃん！』

「チカってば！　うっさい！　っていうか何その気持ち悪い歌詞！　勝手に変えないでよ！」

無線から響く声に、キリエは思わず怒鳴ってしまう。

『そう言われても止まんないんだもんね！　ああ～、我らは～コットブーキひっこうた～い！』

キリエの隣を飛ぶ隼では、キモノを着たチカが楽しそうに歌っている。キリエは歯ぎしりをした後、チカに負けじと声を張り上げた。

「パンケーキ！　パンケーキ！　パンケーパンケーパンケーキ！」

『マーローちゃん！　マーローちゃん！　マーローマーローマーローちゃん！』

「パーンーケーエーキー!!」

『マーローちゃーあーんー!!』

『二人とも、静かにしてくださる⁉』とエンマの怒鳴り声。

チカだけではない。エンマも、ケイトも、ザラも、レオナも、そして当然のようにキリエも全員がキモノに身を包んでいた。

コトブキ飛行隊の面々は、空賊の襲来で延期されたチンドンに参加していた。そこでオウニ商会もチラシを用意することになり、六人全員がキモノを着て飛ぶことになったのである。

『……どうして私までキモノを着なければいけないんだ』消沈した声でレオナ。

『あら、いいじゃない。みんなお揃いで。それに似合ってるわよ』オイランのようにキモノを大胆に着崩しているザラが言う。

『……目標地点。投下』

ケイトが風防を開けたまま逆宙返りを繰り出した。バラバラバラと、操縦席に積まれていたチラシが風に舞い、外へと飛び散っていく。

『あ！　私もやる！』

チカが背面飛行に移り、同じくチラシを舞い散らせた。

「私も！」

続いてキリエも背面飛行した。チラシが空へと舞う。頭の上にはラハマの街並みが広がっている。ラハマって本当に騒がしい街だな、とキリエは思う。粗野な奴ら、癖のある戦闘機乗り、謎めいたウェイトレス、空賊上がりの企業だとか一筋縄ではいかない人たちが色々と集まって、混沌（こんとん）として、でもそのごちゃごちゃ感がキリエは好きだった。

　初めて飛行機に乗せてもらったとき、キリエはこのイジツがとても広いものだと思った。あれからずっと飛び続けてきたけれど、それでもまだ果ては見えない。

「……」

その昔、世界の底が抜けてそこから色々なものが降ってきた。

その中にはいいものも、悪いものも、美しいものも、汚いものもあった。

でも、世界の底は閉じられて。

海は涸（か）れ、資源は尽き、街は滅ぶ。

キリエたちは色々なものを失って生きている。

それでも——。

そのとき、レオナから無線が入った。

『通信だ。なんでも空賊らしき編隊が近づいているらしい。このまま出られるか？』

『やった！　腕が鳴るー！』とチカ。

『あら、ボーナスはたっぷりと弾んでくださるんでしょうね？』

離れたところを飛んでいた隼が集まり、編隊を組む。

『キリエ、大丈夫か？』

遅れていたキリエに、レオナから通信が入る。

「あ、うん！　大丈夫！　いけるよ！」

『どうかしたんですの？』

『あ！　墜(お)とした隼三型のこと考えてんだ！　いいじゃん、踏み倒しちゃえば！』

『相変わらず驚きの経済論』

『お前たち、少し静かにしろ』

『あら、いいじゃない。こういうのも』

無線に入り乱れるみんなの声。

「……ふふ」

『ん？　キリエなに笑ってんの？』とチカ。

キリエはぶんぶんと頭を振った。

「……べっつに！　何でもない！」

鼻を突く油の臭い。身を刺すような空の寒さ。轟轟(ごうごう)と聞こえるエンジンの爆音。

そしてともに飛ぶコトブキ飛行隊の五人。

キリエは左手で機銃の安全装置を解除。機関砲のボタンに指をかける。スロットルレバーをぐっと押し込んだ。プロペラの回転数が増す。

六機の隼は、抜けるような青空へと突き進んでいった。

初出　本書は書き下ろしです。

荒野のコトブキ飛行隊
荒野千一夜

2019年6月24日　第1刷発行

原作	荒野のコトブキ飛行隊
小説	安藤敬而
カバーイラスト	CG：GEMBA　仕上げ：羽毛田 信一郎
装丁	秋庭　崇（バナナグローブスタジオ）
編集協力	株式会社鷗来堂
担当編集	六郷祐介
発行人	千葉佳余
発行者	鈴木晴彦
発行所	株式会社 集英社

〒101-8050　東京都千代田区一ッ橋2-5-10
電話　編集部／03-3230-6297
　　　読者係／03-3230-6080
　　　販売部／03-3230-6393《書店用》

印刷所	大日本印刷株式会社

Printed in Japan
ISBN978-4-08-703478-3 C0093

検印廃止